U0085205

超棒小說這樣寫

寫出結構完整、劇情緊湊、讓人欲罷不能的超完美小說！

A Step-by-Step No Nonsense Guide to Dramatic Storytelling

詹姆斯．傅瑞——著　尹萍——譯

How
to
Write
a
Damn
Good Novel

James N. Frey

超棒小說這樣寫——目錄

2．故事好看的三大定律：衝突！衝突！衝突！

3．小說存在的理由：前提

4．說故事的基本原則

5．將情節推至高潮

6・選擇說故事的觀點，善用認同、回顧、伏筆、象徵等技巧

7・精采對話與身歷其境的場景

推薦序

為什麼有的小說好看，有的小說不好看？

我在出國唸書前，一直以為這是個純粹屬於個人偏好的話題。但在美國工作的那些年，我深刻瞭解到，小說好不好看，可以很主觀，但銷量卻絕對是種客觀統計。而賣得好的小說，都會有某些共通點。

想想以下案例：提到《神鵰俠侶》，大家立刻聯想起楊過與小龍女；《三國演義》中孔明的形象，甚至於取代了正史；而《傲慢與偏見》裡的達西，也是百年來白馬王子的象徵。

好看的小說，裡面的人物都深刻鮮明。而要創造深刻鮮明的人物，除了你腦子裡需要有那麼一個人，你還必需曉得該怎麼寫，你筆下的英雄才能「活」起來。而這「怎麼寫」本身，是種專業。

在歐美，無論大學或出版業界，都提供給創作者大量這方面的資源。一個最鮮明的例子，是《別相信任何人》的作者S. J. 華森。華森在醫院工作多年，一直有計畫地收集失憶症患者的資料，想要創作出一個這方面的故事。但在完稿期，他辭掉工作，進入 Faber Academy 寫作訓練班，花了數個月的時間，創作出《別相信任何人》。

華森腦子裡有故事，有人物，還掌握了所有細節。但他在接受英國《衛報》訪問時，坦白承認，若是沒參加小說寫作課程，他無法寫出如此受人歡迎的作品。

為什麼？因為要說個好故事，除了創意與靈感，還需要技巧與觀念。寫小說是一種技藝，就像是彈鋼琴一樣。你學鋼琴，老師教你練音階與指法，技巧齊備了，心裡的音樂才能藉著指尖流洩出來。寫小說，一如此理。

《超棒小說這樣寫》就是英美小說產業裡，人盡皆知的一本經典，出版至今二十五年，仍不過時，其作者詹姆斯·傅瑞，也因創意寫作教學而聞名歐美。他在美國柏克萊大學開設的小說寫作課，大受歡迎，還因此獲選為年度榮譽教師。

從某個角度來說，傅瑞是個怪胎，他曾公開說過，如果不寫作，最想從事的職業是殺手。但這個怪胎懂小說，更懂得怎麼教人寫小說。《超棒小說這樣寫》是他課堂的精華，他用最淺顯的語言，告訴你寫小說到底是怎麼一回事。

馮勃翰，台大經濟系副教授，研究產業與策略，觀察出版與故事產業

作者序

只管把故事寫得好看

「超棒小說」莫不緊湊；而要緊湊，必須高潮迭起。劇情起伏的小說有幾個特性：鎖定一個中心人物，此人面臨困境；困境演變成危機；危機隨著一連串複雜牽連，推至高潮；在高潮中，危機解除。

海明威（Ernest Hemingway）的《老人與海》（The Old Man and the Sea），勒卡雷（John le Carre）的《冷戰諜魂》（The Spy Who Came in from the Cold），克西（Ken Kesey）的《飛越杜鵑窩》（One Flew Over the Cuckoo's Nest），納博科夫（Vladimir Nabokov）的《蘿莉塔》（Lolita），普佐（Mario Puzo）的《教父》（The Godfather），狄更斯（Charles Dickens）的《小氣財神》（A Christmas Carol，或譯《聖誕歌聲》），以及福樓拜（Gustave Flaubert）的《包法利夫人》（Madame Bovary），這些小說的劇情都起伏跌宕，都是超棒小說。

吳爾芙（Virginia Woolf）的《達洛威夫人》（Mrs. Dalloway）是經典小說，文字精雕細琢，值得一讀，但它不是劇情小說；喬伊斯（James Joyce）的《尤利西斯》（Ulysses）是二十世紀英語文學的標竿之作，但它也不是劇情小說。如果你想要學習喬伊斯或吳爾芙的寫作方式，創作具有實驗性及象徵性、充滿哲學或心理意味、不以情節取勝的小說，那麼這本書不適合你。如果你找的是對於劇情小說的學術批評，這本書也不是你要的。本書談的是劇情小說的寫作技巧，敬請認明。

1

小說是在寫「人」

小說裡的「人」

如果不能把人物描繪得栩栩如生，就沒辦法寫出超棒小說。人物之於小說家，就像木材之於木匠、磚塊之於砌磚工。人物就是材料，小說是用人物搭建起來的。

不過，虛構人物（homo fictus）卻不是有血有肉的真人。原因之一在於讀者想要看到的是奇人異士，而非凡夫俗子。讀者希望看到的虛構人物要麼特別美、要麼特別醜，冷酷無情或高貴無匹，睚眦必報或寬厚仁恕，非常勇敢或非常懦弱，總之不是常人。虛構人物的愛比別人熱烈，怒也比別人狂暴；他常旅行，常打架，常戀愛，常改變；他的性生活活躍，非常、非常活躍。虛構人物各方面都超越常人——即使長相平凡、個性平庸、言語乏味，他的平凡、平庸、乏味也比真實的凡人更糟糕。

真實的凡人舉棋不定、前後不一、自相矛盾，這一分鐘快樂、下一分鐘絕望，情緒隨時變化。虛構人物的個性或許複雜，或許多變，甚至神祕，然而總是有跡可循。否則，讀者就會把書闔上，不繼續往下看了。

虛構人物不同於真人的另一個原因是版面有限，因此虛構人物比較簡單，小說裡的人生也比真實世界來得簡單。

如果將日常生活的每件事都寫下來，例如吃早餐，加上數以百萬計的感想、思緒、印象等等，你可以寫成厚厚一大本書。但是小說家在描寫書中人物的生活時，選擇記錄的都是能夠反應他的動機、關係他的發展、解釋他的決定的心緒感觸，因為這些會影響故事中他處理困境的方式。

書中人物雖然栩栩如生，卻不是真人。虛構人物是抽取真人的片段，用來觀照人生的概要，而不是人生的全部。

虛構人物的類型

虛構人物有兩種類型。

比較簡單的稱為「平面」、「平板」或「一度空間」型。這種人是用作龍套角色，走過舞台、說一兩句台詞，就過去了，例如服務生、送報生、門房、酒保、茶房等等。他們也許有趣，也許沒有特色，也許興高采烈，也許面無表情。他們位於舞台邊緣，沒有占據中央位置，讀者對他們的興趣是短暫的，很容易用一個特點為他貼上標籤：貪婪的人、虔誠的人、懦弱的人、奴顏卑膝的人、好色的人等等。也許有那麼一時片刻，他令人驚訝、給人啟發或讓人發笑，但他不能吸引讀者長時間的興趣。他沒有深度，作者沒有去挖掘他的動機或內心衝突，沒有說明他的疑慮或罪惡感。在你的小說裡，一度空間的人物如果只是用來過場，就不成問題；但如果讓他擔任比較重要的角色，例如主要壞蛋，那你的小說故事就變成了肥皂劇。

另一種虛構人物則是「全面」、「完整」或「三度空間」型。範圍很廣，你的小說裡比較重要的角色都應該是這種，就連壞蛋也應該是。三度空間的人物很難貼標籤，他們有複雜的動機、相互矛盾的願望，有感情、有野心。他們有大罪，受大苦，憂愁煩惱，滿腹怨氣。讀者覺得他們在小說開始以前早已存在，已經度過壯闊人生。讀者想要跟這樣的人物親近，因為這樣的人值得認識。

造物主由你來當，創造完整全面的人物

美國劇作家貝克（George Baker）在一九一九年的著作《戲劇技巧》（Dramatic Technique）裡提到：「掌握複雜人物的個性，準確表達出來，好戲便在其中。古語說『人貴自知』，對於劇作家，這句話應該改成：『貴在摸清人物的底細。』」

可是，怎樣才能「摸清人物的底細」呢？

美國編劇大師埃格里（Lajos Egri）在一九四六年的傑出著作《戲劇寫作的藝術》（The Art of Dramatic Writing）中，形容一個全面完整的角色會擁有三度空間——第一度空間是生理空間，第二度是社會空間，第三度是心理空間。

角色的生理空間，指的是身高、體重、年齡、性別、種族、健康等等。舉例來說，美國全能運動選手索普（Jim Thorpe）若是雙腳畸形，會變成怎樣的人？瑪麗蓮·夢露若是胸部平坦，會成為大明星嗎？棒球名將漢克·阿倫（Hank Aaron）若是右手臂天生萎縮會如何？芭芭拉·史翠珊若是嗓門很小呢？很顯然，不僅他們的職業選擇將不同，個性也會受影響。個頭矮小的人沒法子像高大的人以體型致勝。美或醜，高或矮，胖或瘦，這些生理特點都會影響到整個人。

我們的外型、個頭、性別、肌肉、膚色、疤痕、畸形、敏感、姿態、神情、說話的腔調、口氣芬芳或濁臭、容易流汗否、怕不怕癢等等，都讓我們受到社會影響，形成我們的個性。嬌小美麗，擁有一雙藍色大眼的金髮女郎，對於自己未來成就的期望，大不同於小鼻子小眼睛的女孩。要塑造出完整全面的角色，你必須徹底了解他的生理空間。

社會空間，指的是角色的社會階級，在怎樣的鄰里長大，上的是哪種學校，政治觀傾向哪邊；如果有宗教信仰，信奉哪種宗教；他的父母對於兩性、金錢、事業成就的看法如何，對他的管教嚴不嚴，給他的責罰輕或重；他的朋友多不多，是怎樣的朋友。成長於密蘇里鄉下農場的男孩，絕對與出身紐約西語哈林區的孩子天差地遠。想要完全了解你的筆下人物，就得追溯他的出身。人的個性是由生長環境的社會氣氛所塑造的，真實人物和虛構人物皆然。小說家若不了解人物的性格如何形成，這個人物的行為動機就不明朗；看不出動機，小說就失去衝突，敘事就失去緊湊，讀者的注意力也就消散了。

心理空間，是由生理空間和社會空間共同造成。他可能有某種恐懼症，某種解不開的心結，某種罪惡感，對某些事執著到瘋狂的地步，害怕什麼、壓抑什麼、渴望什麼、幻想什麼等等。心理層面包括智商、性向、特殊才能、推理能力、習慣、脾氣、感性、才華。

寫小說，你必須做個心理學家——不需要讀佛洛伊德或榮格的著作，也不必弄懂心理變態和精神病患有何差別，可是你得善於分析人性，了解人們為何做這件事、說這句話，把這個世界當成你的實驗室。公司裡的祕書辭職了，就去問她原因；朋友要離婚，聽聽她對丈夫有什麼不滿。問問你的牙醫為什麼挑選這個行業，專門製造別人痛苦，而且成天往人家嘴裡瞧？我的牙醫回答：「可以發財。」可是他混到現在，連買新設備的分期付款都湊不出來。只要你很有禮貌地問，很有同理心地聽，就會發現人們什麼事都肯告訴你。很多小說家會寫日記或速寫遇見的人，這個方法不錯。聽說女作家梅特里斯（Grace Metalious）把家鄉小鎮的鄰居朋友全部寫進她的小說《小城風雨》（Peyton Place）裡，認識的人很容易認出那些男盜女娼的人是誰。她失去了一些朋友，吃了一些鄰居的排頭，但是她寫出了一本超棒小說！

小說的靈魂，來自於活躍的角色

想要讓你的小說不僅好看，而且感人肺腑，書中人物就得活蹦活跳，不能呆滯。即使你寫出的人物全面而完整，但是太被動、太軟弱也是行不通的。面對困境無法當機立斷，碰到衝突就逃走，不戰而退、坐以待斃的人，對你沒有用。不能讓這樣的人物進入你的小說，破壞你的努力。以情節為重的小說，必須由活躍積極的人物擔綱，他們熱情豐沛、情緒強烈——諸如色慾、嫉妒、貪婪、野心、愛與恨，報復與惡毒等等。你的筆下人物，至少是主要人物，必須具備強烈的個性，情緒一觸即發。

從無到有，建構人物身世

裴克（Robert Peck）在一九八三年的《小說是由人組成》（Fiction Is Folks）一書中，給予讀者以下建議：

寫作是苦差事，你若偷懶，馬上就一敗塗地。所以，在一張純潔白紙上打下「第一章」（然後坐在那裡發呆一星期）之前，請先為每一個筆下人物做好準備。

「做好準備」指的是替主要人物塑造背景，也就是幫他們寫傳記。所有初學寫作的人，甚至相當老練的作者，寫小說的第一個步驟都是先為人物寫好傳記。

比方你要寫謀殺推理小說，但是情節還沒想清楚，甚至一點概念也沒有。你首先需要一個殺人凶手，他是小說裡的反派、壞蛋。推理小說的情節完全仰賴壞蛋的詭計，換言之，這個壞蛋負責編織你的故事。小說中需要安排什麼人物，端視壞蛋的陰謀而定。

假設你的構想是一個女人謀殺親夫，因為這男人販賣毒品，賺的錢拿來賭馬，偏偏挑選的馬匹從來就跑不快，白白令家人蒙羞。你還沒想出這是一個怎樣的女人，但是她一定很聰明（否則就不值得寫進小說），一定極其謹慎又狡詐。她有多狡詐，警探辦案就有多困難，所以你希望把她寫得愈狡詐愈好。

再來，你需要破案的人，也就是正派主角。此刻還想不出來由誰擔任這個角色，怎麼辦？

這類小說的破案者形形色色——他或她可以是硬裡子行家，例如馬婁（Philip Marlowe）[1]、史貝德（Sam Spade）[2]；可以是推理超人，例如福爾摩斯（Sherlock Holmes）、白羅（Hercule Poirot）[3]；可以是天才型的業餘偵探，例如昆恩（Ellery Queen）[4]、瑪波小姐（Jane Marple）[5]；也可能是被牽扯進來的局外人，例如英國作家杜穆里埃（Daphne du Maurier）所著《莉百嘉》（Rebecca）小說中的第二任狄溫特夫人（Mrs. de Winter）。

你的決定端看你想寫哪種小說。偵探小說帶給讀者許多樂趣，其中之一是觀

1 推理小說作家雷蒙・錢德勒（Raymond Chandler, 1888-1959）創造的虛構人物，職業為私家偵探，出現在《大眠》（The Big Sleep）與《漫長的告別》（The Long Goodbye）等多部長篇小說中。

2 「冷硬派」推理小說始祖漢密特（Dashiell Hammett, 1894-1961）作品《馬爾他之鷹》（The Maltese Falcon）中的角色。

3 英國偵探小說作家阿嘉莎・克莉絲蒂（Agatha Christie, 1890-1976）所創造的虛構人物，設定為比利時退休警探。

4 美國推理小說作家佛德列克・丹奈（Frederic Dannay, 1905-1982）與曼佛雷德・李（Manfred Bennington Lee, 1905-1971）兩人共同創造的小說人物，既是角色名，也是兩位作者的共同筆名。

5 與白羅同為阿嘉莎・克莉絲蒂所著偵探小說中的長壽角色。

看一顆好腦袋如何推理；另一是跟隨無辜者被捲進謀殺事件，感受到他的納悶與恐懼；看著硬漢偵探在城裡治安最差的地區左推右擋，應付明槍暗箭，也是一樂。

如果你愛看某一類小說，就該寫那個種類。必須注意的是，不要想以第一人稱寫硬漢偵探的故事。這種風格很難掌握，尤其是初學者，寫不好就變成鸚鵡學舌、東施效顰。

不管你選擇哪一種，都要依循傳統。最好先廣泛閱讀這類型的作品，完全熟悉其中規範。已經成名的作家可以偏離常軌另闢蹊徑，他的讀者會原諒他的出軌，但是新人就沒有這份特權了，還是中規中矩比較好。

假設你決定寫一個專業偵探的故事，因為你愛讀賈德納（Erle Stanley Gardner）、馬克班（Ed McBain）、麥唐諾（Ross MacDonald）、卡爾（John Dickenson Carr），以及羅勃．派克（Robert B. Parker）等名家的作品，專業偵探故事是你的最愛。可是，你不知道自己想要創造的專家究竟是怎樣的人。首先，你可以為他取名，這個名字或許會給你一些意象。

不要為他取偵探名著裡已經用過的名字，給他一個嶄新的、不同的名字，但是不要太古怪，古怪的名字會讓讀者敬而遠之。我們要的是新穎而可以接受，就像建築師會在四角、柱、屋頂斜度等方面變花樣，可是客戶想要的臥室、衛浴和櫥櫃還是一應俱全。

可以為你的偵探取一個聽起來不像偵探的名字，例如波爾。波爾．米契，這個名字怎麼樣？還不差吧。如果想不出名字，翻翻電話本，裡面多得是。

很多偵探是中年人，身強體壯但是頭髮花白，歷盡風霜。若想來點不一樣的，不妨把波爾塑造成年輕菜鳥。他的體型當然不能像典型的偵探——小說裡的偵探往往又高又帥，粗獷型的帥——我們就說波爾細細瘦瘦，中等高度，一臉聰明相。我們給他一雙大而黑、可以看穿人心的眼睛，肩膀下垂，行動緩慢。他認為「佛要金裝，人要衣裝」，所以裝束得體、乾淨整齊。他有兩排白亮的牙齒，深思慎言，舉止有禮，很多人以為他是學者。他二十六歲，未婚。

波爾．米契的形象是怎麼產生的？就是你現在正在讀的本書作者憑空捏造出來的。作者一邊寫，一邊揀選與名著中的偵探剛好相反的特色，因為名著偵探的形象都僵化了。我們當然也可以說波爾又老又肥，酗酒成癮。你在決定筆下角色應該包含哪些特徵時，必須要打破固定僵化的形象，並注意整體的協調。

根據埃格里所言，「整體的協調」就是在各個角色身上放入彼此衝突的特徵，合在一起卻像交響樂章般相互呼應。換言之，不要讓每個角色都貪財或力爭上游，角色應該互補互容，比方有一人特別勤學，另一人就特別怠惰。哈姆雷特很優柔寡斷，他缺乏意志，坐而思卻不起而行，老是發呆、怨嘆，自憐自艾。與他互補的萊爾提斯（Laertes），就是果斷強悍的人。

塑造角色時還要考慮的是，身為作者，你必須長時間進入角色內心，像是要成為那個人似的。此時要自問，你真的願意跟這些角色共同生活嗎？你對這些人很感興趣嗎？如果波爾．米契又老又肥而且嗜酒如狂，或許你不想跟他相處，寧願他是個年輕細瘦而聰明的人。總之，這是你的書；唯有你喜歡書中的人物，你的讀者才比較可能會喜歡他們。

現在我們決定了波爾的生理特徵，對他的社會層面也稍具想像，關於他是怎樣的人，已經有了點眉目，卻還是很含糊。接下來，需要透視他的性格，深入了解他，因為他是這本小說的明星。

既然他不像典型的偵探，我們可以先問：波爾是怎麼當起偵探來的？也許跟許多年輕人一樣是子承父業——你可以發揮想像力，比方說，他的父親是鼎鼎大名的「神探老賈」，推理小說作家漢密特（Dashiell Hammett）就是用這個模式塑造出筆下的史貝德。老賈強悍無情又精明，維護委託人的權益不遺餘力。他會打脫人家的下巴，給對方「應得的教訓」。波爾覺得他爸太霸氣，卻又由衷感到敬佩。他跟爸爸一樣有正義感，卻又絕對守法，他認為若不照法律辦事，人類就沒有文明。

為波爾挑選這樣一位父親，他就得特別爭氣，不辱先人。別人總是拿他跟爸爸比較；他爸的死對頭會想把氣出在這個兒子身上。老賈雖然過世了，他留下的恩怨仍然要由波爾來承擔。創造角色的身世時，必須揣想在故事中會影響角色情緒與行為的因素。一個立體的角色和真人一樣，過去發生的事永遠如影隨形。

目前為止只有波爾．米契的骨架，接下來得貼上血肉。不妨寫一篇這個人物的完整傳記，第一人稱或第三人稱都可以。下列範本提到了一些沒說清楚的人際關係，暗示了一些沒解釋的因由，它不是一篇故事，所以有點散漫無妨。這樣的傳記僅供作者參考，不是為了鉅細靡遺地呈現此人，而是簡述他的人生，讓作者更了解他。以下是波爾的第一人稱自傳：

我是一月出生的，全名波爾．班寧頓．米契。現年二十六歲。由於年紀輕，相貌也稚嫩，所以在這個行業裡不容易贏得尊敬，好在我也習以為常了。只要工作能做好，別的我不在乎，這是跟我爸學來的。你拿人錢財，就得與人消災。

我爸人稱「老賈」，他的名號太響亮，對我而言是壓力。想要不辱沒他，相當辛苦。

「波爾．班寧頓」這個名字是我媽取的，她出身上流社會，娘家是維蒙特州的名門班寧頓家族，新英格蘭歷史久遠的望族。一九五五年，她有位叔父在我們舊金山這兒被謀殺了，警方破不了案，老賈於是披掛上陣。他在二十四小時內就抓到了凶手，再過二十四小時就娶了我媽。我媽深深為他傾倒。他對付女人真有一套，當時的女人就喜歡他那種肌肉男──至少，聽別人說我媽很喜歡。可惜後來這樁婚姻苦不堪言。

不快樂的主因是，儘管我媽的錢多到數不清，老賈卻堅持他賺多少錢，我們就得過怎樣的日子。老賈賺的錢不算少，但是跟我媽以前出入以勞斯萊斯代步、冬天就到巴哈馬群島度假那樣的生活相比，這種日子哪是她能過的。

小時候，儘管我一點節奏感都沒有，耳朵不靈敏，手指又笨拙，我媽卻要我學小提琴，可把我整慘了。我前後換過九個小提琴老師，媽總說是他們教得不好，可是我從來就不想當音樂家啊。我十五歲時，她終於放棄讓我學音樂，改要我將來當銀行家，我死也不肯。打從我稍稍懂事起，我就想當私家偵探。

我從小頑固得要命，想要什麼，不到手絕不罷休。

我媽說我當不成偵探，因為我跟我爸不是一個模子打出來的。她跟我對抗，像兩軍作戰。可是我告訴你，不一定要像老賈，照樣能當好偵探。他有他的型，我有我的款，我要是學他做事的方法，入行半年就垮了。

我當私家偵探，不靠蠻力，而是靠科學辦案。我是犯罪學專家。在大學裡，我選修了化學、物理、數學、警察科學、法醫學，以及電腦程式設計。一九八二年老賈中槍身亡的時候，我剛念完碩士學位，那是我人生中最混亂的一段日子。我本來打算結婚的，而且剛動過鼻樑矯正手術，又正準備買房子，可是我立刻排除一切阻礙，接下他的偵探事務所，一腳踏入這個行業……

現在我們知道波爾的人生梗概了。像他這樣重要的人物，傳記應該長十到五十頁，從他出生談起，包括家族史，直到故事的開端。

可是，為何選擇這些因素放在波爾的傳記裡？前面說過，應該選擇與他在故事裡的情緒和行為有關的因素。我們給他稚嫩的外表，因為這使得他經常顧慮自己給別人的印象；別人可能因為他看起來年輕而不把他當一回事，增添他辦案的困難。你要隨時為角色尋找障礙——波爾身形細瘦，予人「不如乃父」的印象；仍然健在的母親老是想要他改行，這也是一個障礙。可是他很頑固，會堅持不懈。體型不夠粗壯，我們以別的長處來彌補：聰明又用功。不過，父親驟逝，使他還沒準備好就提早接棒，而且沒結成婚，這又是一個問題。

波爾．班寧頓．米契可以有完全不同的背景。比方說，他的父親可以是一個貪瀆的警察，波爾立志要挽回家族的名聲；波爾的長才可以是直覺敏銳而不是倚賴科學；他的母親可以是出身貧寒、體弱多病，他必須賺錢付醫藥費。如何描寫波爾的形象，完全看作者對這個角色的感覺而定。方法有很多種，只要結果讓人覺得可信，塑造成一個全面、立體的人物，在故事中稱職演出就行。

傳記寫得徹底，你就會更了解這個角色——至少要像你了解兄弟姊妹或至交好友那樣，才能動手寫小說。傳記中應該涵蓋哪些項目，無法一一列舉，但是應該包含會影響動機與行為的所有線索，例如他的家人、女友、習慣、目標、信念、迷信、道德標準、執著偏好等等與抉擇和行為有關的因素。他對政治、宗教、友誼、親情的看法；他的願望、夢想、嗜好、興趣；他在學校裡修哪些科目，喜歡什麼課、討厭什麼課？他有哪些偏見？如果去看心理醫師，他會隱瞞什麼？你應該能夠回答關於這個角色的任何問題，就像他是你的至親好友一般。

就算寫完他的傳記，可能還是有些問題你尚未找到答案。比方說，你的角色如果撿到一只皮夾，裡面有一萬元，他會據為己有還是送還人家？如果感染了致命的疾病，他會自殺嗎？如果他的房子失火，只能搶救一件東西，他會選擇什麼？如果你回答不出來，就需要進一步探討這個人物，才能動筆。

採訪你的筆下人物

創造了人物之後，如果仍然無法想像他們怎麼走路、怎麼說話、怎麼呼吸、怎麼流汗，你可以試試心理分析。請他們躺在長沙發上，問他們問題。以下是可能的場景：

作者：我還是不明白，波爾，你為什麼打死不退？你跟你媽很親，而她不贊成你幹這行。你的未婚妻也說，若不改行，就不結婚。

波爾：你是我的作者，所以我才告訴你，換成別人我是不說的。我覺得必須證明給自己看，這是我堅持下去的真正原因。沒錯，有時候我也挺害怕的，可是我不能逃避。逃避就不是男子漢。

作者：我了解。可以說，你是在跟你父親競賽？來根菸吧？

波爾：你知道我不抽菸。

作者：對，我記得。再來，我想你是共和黨的選民？

波爾：不見得！我登記成為共和黨黨員，那是家族因素。不瞞你說，基本上我不關心政治，很少去投票。也許我忘記去投，也許我覺得誰選上都沒關係。反正我不太清楚那些政治議題，所有候選人在我看來都差不多。

作者：你想要娶的那個女孩，是個怎樣的人？

波爾：莎麗是個很好的女孩，聰慧、口才好，又溫柔。

作者：你跟她上過床了嗎？

波爾：怎麼問這種問題？

作者：這很重要，我得了解你，得知道你的經驗和態度什麼的。

波爾：我沒跟她上過床。

作者：你有過性經驗嗎？

波爾：不能算有——大學時代幾乎有一次。

作者：幾乎？

波爾：對，嗯，差一點。

作者：說來聽聽。

波爾：那你不能告訴別人……

徹底訪問你的角色之後，他應該像是你的密友，或是你痛恨的對手。有了這麼親密的感覺，你應該有信心與他合作了。

深入人物內心，找出他的執著

「執著」指的是角色的核心推動力量，是他內心所有動力的總合。以波爾・班寧頓・米契來說，他的主要執著是破案。這股力量根植於他的家族歷史，是他與悍勇父親之間的競賽。他想要證明母親錯看了他；他想要提升心智能力，克服體型不夠高大的劣勢。他有強烈的正義感，很想把工作做好；不只是做好而已，應該說，他想在辦案這方面成為一名藝術家，而且是頂尖的藝術家。波爾的執著是成為私家偵探界的達文西。

遇到打擊時他會退縮嗎？不大會。賄賂、威脅、艱苦會動搖他嗎？不可能。挨揍、挨子彈會讓他退出嗎？不會，因為他決心證明自己做得到，他會竭盡所能，以意志力堅持下去。挫折有可能拖住他的腳步，但他終究會完成任務；作者交付給他的案子，他不成功便成仁。有了這樣的決心，波爾便成為強有力的角色，動機強烈、意志堅定，儘管作者為他安排了諸多障礙，他還是會勇往直前。這就是劇情小說需要的主角。

堅定的主角是劇情小說的命脈

講述故事的小說，主角必須意志堅定、動機強烈、勇往直前。舉幾個例子：

◆海明威的小說《老人與海》中，老人已經八十四天沒有捕到魚。他覺得丟人，他沒有飯吃，簡直不是個男子漢。他一定得捕到魚，不然寧願死掉算了。

◆普佐的小說《教父》男主角麥可・柯里昂（Michael Corleone），他的父親挨了槍子兒，他關愛的家族遭到圍困，他父親的敵手把他們全家逼上死路。麥可會不惜犧牲一切來拯救家人。

◆狄更斯的小說《小氣財神》，男主角史古基（Scrooge）滿腦袋惡意。吝嗇、頑固、暴躁，隨時準備跳起來為自己的一毛不拔辯護。為了守財，他堅決排拒所有找上門來的喜悅也好，快樂也好，甚至神的使者，一概擋在門外。這樣的人適合當男主角嗎？當然適合。

◆記得《冷戰諜魂》裡的雷馬斯（Alec Leamas）嗎？他假裝叛逃，進入鐵幕，為的是設計東德情報頭子。儘管遭到背叛，理想幻滅，以及種種磨難，他還是會盡忠職守，直到結尾高潮。

◆納博科夫的小說《蘿莉塔》中，男主角亨伯特（Humbert）卑鄙下流，但是他有一股超強的熱情，主宰了他睡覺以外的每分每秒：他一定要得到蘿莉塔的愛，否則不如去死。

◆福樓拜小說《包法利夫人》的女主角艾瑪．包法利，個性極其浪漫，卻困在鄉下小鎮，嫁了個無趣的鄉下醫生。她一定要尋找愛情，犧牲名譽也在所不惜。這種熱情就是偉大經典的要素。

文學作品裡很容易找到類似的例子。想想看，哪本小說裡的人物你很喜歡，你會發現這人內心深處必然有堅定的、強烈的執著。看看英國小說家笛福（Daniel Defoe）筆下的茉莉．法蘭德絲（Moll Flanders）是如何一心一意追求富貴人生；托爾斯泰筆下的安娜．卡列妮娜（Anna Karenina）是如何熱烈愛戀福榮思基（Vronski）；梅維爾（Herman Melville）筆下的亞哈（Ahab）是如何非殺死大白鯨不可。檢視一下歷久彌新的劇情小說，你會發現主要人物都有一股灼烈的熱情，主宰了他們的一舉一動。

雖然受到灼烈的熱情主宰，人物的行為還是有複雜的動機。拿波爾・米契來說，他想要超越已故的父親，想要向母親證明自己很行，他有強烈的正義感，喜歡解開謎團，他對應用科學極有興趣。這些都是動機，共同組成他的執著：成為偵探界的達文西。而他的對手也要有複雜的行為動機才行。

別讓刻板人物走進你的小說

刻板人物就是已成陳腔濫調的典型：出污泥而不染的娼妓、外表耿直內心邪惡的美國南方警長、鐵漢柔情的私家偵探等等。看看電視節目，裡面充滿了陳腔濫調的人物。

形容一個角色是「約翰・韋恩（John Wayne）」型，指的是演員約翰・韋恩所飾演的某一典型電影人物。「伍迪・艾倫（Woody Allen）」型也一樣。讀者和觀眾喜歡把角色歸類，這無可避免。不管你願不願意把你的角色歸入某種類型，你的讀者還是會這麼做。但是一個新角色隸屬於某種類型，卻不等於陷入窠臼，這兩者有很大差距。

笛福所著的《茉莉・法蘭德絲》（Moll Flanders）是最早期的一本小說。這個女主角很討人喜歡，活潑任性，熱情洋溢。她目無法紀，偷竊、賣淫，男人眾多，甚至亂倫，但是她坦誠面對自己，愛開玩笑逗人開心。她算是哪種典型呢？也許可稱為「好心腸的社會敗類」。兩百年以後，又出現了一個「好心腸的社會敗類」，也是目無法紀，活潑任性，熱情洋溢，愛開自己玩笑，他的名字叫做希臘左巴（Zorba the Greek）。茉莉和左巴屬於同一類型，但不是刻板人物。為什麼？因為兩人都很複雜，很有深度，因此差別很大。

在托爾斯泰的小說《戰爭與和平》中，主角皮耶（Pierre）個性純潔，正在尋找人生真義，卻捲進拿破崙戰爭的泥沼中。他沒有決斷力，容易搖擺，想要透過哲學論辯來理解人世。同樣地，一百年後史東（Robert Stone）撰寫的《閃靈戰士》（Dog Soldiers）小說中，主角康佛士（Converse）也如此，只不過康佛士捲進的是一九七〇年代美國的毒品文化。兩個人物類似，但不雷同，類似的原因是兩個虛構人物都非常接近真人。

如果你要寫一個言語輕緩的知識分子，比如一個中古道德劇的專家，他大概不會看起來像貪婪的商人或江湖騙子；清純可愛的少女應該不會信仰法西斯主義；喜歡編織和烤餅乾的慈祥老婆婆，應該不會在地下室裡製造炸彈。讀者腦海裡對人物的想像是基於這類傳統觀念，以及作者提供的相關線索。西部片裡，戴黑帽的槍手一上場，你就對自己說：「啊，這是壞蛋。」可是你看到英俊、有點稚氣、鬍子刮得一乾二淨的傢伙，槍套裡插的不是槍而是一枝花，腰上掛著一綑繩索，你就對自己說：「啊，好人。」

如果你筆下的角色完全符合讀者的預期，沒有衝突也沒有意外，這就是一個刻板人物。如果慈祥老奶奶其實是退休的警察分隊長，如果手不釋卷的學者暗地裡迷上拳擊，就有點打破窠臼的意思了。

再以「硬漢偵探」為例。比方你想寫這樣一個人物，給他取名卜洛，擁有「硬漢偵探」的一切特徵，像是點子很多、粗獷帥氣、頑強不屈、嘴角老銜著一根火柴棒等，但是他內心溫柔，喜歡小貓，錢賺得不多，獨自過活，言詞犀利，愛喝黑麥威士忌，金髮女友一個接一個，多不勝數。

這樣就是一個刻板人物。馬婁、拉克福（Jim Rockford）[6]、史貝德、美陸探員

（the Continental Op）[7]，還有很多都是這類型的人物，怎麼辦？

羅勃·派克（Robert B. Parker）筆下的史賓塞（Spenser）就打破了窠臼。私家偵探史賓塞喜歡做菜，他的女朋友席芙曼（Susan Silverman）是心理學家，兩人的愛情波濤洶湧。魏斯雷（Donald E. Westlake）以史塔克（Richard Stark）為筆名寫的人物巴科（Parker），則剝除了內心柔軟的一面。美國犯罪小說作家史畢蘭（Mickey Spillane）筆下的韓莫（Mike Hammer）也是如此。你可以安排卜洛嗜賭，或是原本擔任神職，後來失去信仰，但始終不能忘懷。

但是要小心，打破窠臼，不能讓人物偏離他的個性，必須符合他的生理特徵、社會特徵和心理特徵，要合乎邏輯，而不只是作者任意製造的驚奇。舉例來說，如果你安排卜洛跟一個十三歲的女孩有肉體關係，固然打破了窠臼，甚至你可以把他的生理、社會、心理背景寫成他有戀童癖，可是讀者恐怕不能接受他的行為。

你可以給他別的不良習性，是讀者可以接受的，但是他得努力改掉壞習慣才行。例如他也許有偷竊癖，一直在想辦法戒除。偷竊癖怎麼來的呢？可能是幼年時期受到創傷，比方被誣指偷竊東西，受到重懲。讀者能夠同情這樣的人物。

創造新鮮的非刻板人物，祕訣在於摻入讀者沒想到會在這類人物身上找到的特點。你可以在小說中設計一個人物，比方亞維儂來的馬利亞修女，她愛看漫畫書。你可以在最不可能的人物身上安排溫柔與熱情的特質，例如一個納粹走狗；一個最纖細敏感的藝術家，也許在某方面非常惡毒。不過，當然要注意，不可太離譜，你得自問：「這能信嗎？」

還有，如同角色的所有特質一樣，這些對比都是為了故事的發展而存在，應該會影響角色的情緒和行為。

測試一下「他真的會這麼做嗎？」

人有時候會做傻事、說錯話、忘記事情、該賣出時買進、錯過機會、對於擺

6 美國電視影集《啟示錄》（The Rockford Files）的主角，是洛杉磯一名私家偵探，於一九七四到一九八〇年於NBC頻道播出，廣受歡迎，被譽為電視史上最聰明的偵探。

7 是漢密特所創造的另一個角色，為書中美洲大陸偵探社舊金山辦公室的偵探。

在眼前的事實視而不見。人並非隨時隨地都能發揮全部能力，可是虛構人物必須如此。

你筆下的主要角色，不論正派或反派，在處理你交付給他們的問題時，始終都應該聰明有效率。假設你的女主角，風雨夜獨自一人在鬼影幢幢的屋子裡，燈熄了，奇怪的聲音從閣樓上傳來——「什麼聲音呀？」嘆息聲、呻吟聲和鐵鍊喀嚓聲——恐怖片裡這種場景你看太多了。你的女主角找到一根蠟燭，將它點燃。要是她走向閣樓（爛恐怖片一定會安排她這麼做），你就違反了「最高智能原則」。明智的人，再怎麼好奇，也不會爬上這樣的閣樓階梯。這個被濫用的橋段，許多人稱之為「閣樓笨蛋」。絕對不要這麼寫。

最高智能原則，並不是說角色永遠都表現超強，而是要在這個角色的能力範圍內做最大的發揮。我們說故事裡的某個角色很弱，不是指他的體格或性格軟弱。一個體重僅四十幾公斤的膽小鬼，仍然可以是故事裡的強力角色，只要他知道自己要的是什麼，盡他的能力去達成目標。

聰明的作者總是在角色面前設置障礙，若是不給角色機會發揮他的最高智能去克服種種障礙，這個作者就不盡責。當你的角色發揮最高智能時，讀者絕不會說：「喂，傻小子，怎麼不拿起電話打給消防隊，自己拿澆花水管忙個什麼勁兒？」

發揮最高智能的角色，會用盡一切能力所及的方法達成目標。比方你描繪了一個非常害羞的角色叫做艾倫，她愛上了辦公室同事，一個已婚男人。她成日單相思，想跟他打招呼，可是從來不敢。男同事名叫凱文，根本就沒注意到艾倫的存在。依照艾倫的個性，她不能（不在她的能力範圍內）主動上前說：「喂，凱文小子，今晚下班後跟我找個地方親熱一下怎樣？」她甚至沒有辦法跟他談公事以外的話題，而且就連談公事，她還結結巴巴地紅了臉。

假設你寫艾倫這個角色，是根據辦公室裡的某個「真實」人物，她的名字叫做蘇艾倫。蘇艾倫跟「真實」的凱文共事了二十二年，她對他朝思暮想，卻從來沒有說任何話，做任何事。這是真實的人生，就像人們常說的，現實比小說更奇怪。可是沒有進展，就沒有故事；沒有行動，讀者就會看得不耐煩。寫故事必須設定目標，要向前推進。虛構人物永遠要發揮最大能力，而故事裡的人物在面對難關時，不會毫無作為，除非這是喜劇，角色的無為便是笑點。

不錯，害羞的人能採取的行動有限。照艾倫的習性，她不會公然做什麼，但仍有無限的可能。你這個講故事的人，要替她選擇依她的個性所能接納的方案。

假設你安坐書房，絞盡腦汁為她設想「可以」做的事，例如：

◆她可以寫一封信，向凱文剖白心事。
◆她可能有朋友代她轉達。
◆她可以用偽裝的聲音，打電話給凱文。
◆她可以去受訓，訓練自己果斷。
◆她可以去上課，學習增添魅力。
◆她可以打聽出凱文都上哪家酒吧消磨時光，然後化妝打扮成別的模樣去跟他搭訕。
◆她可以打聽出他是上哪間教堂，加入他的唱詩班好接近他。
◆想辦法認識他太太，怎麼樣？
◆也許在某個派對上，她藉酒壯膽，不顧顏面地向他告白。
◆也許她想方設法，調派成為他的祕書。
◆在員工餐廳時經過他身邊，也許她忽然心慌意亂，把咖啡潑在他的新領帶上。

這張表可以繼續寫下去。每當你的角色遭遇新的困境時，你都可以擬出這樣一張方案表，能夠讓角色慌亂煩惱的方案更好。

要讓角色盡其所能，但絕對不要超過他的極限。設定每一種狀況，想要安排角色採取某種行動時，你要自問：「他真的會這麼做嗎？」

假設你塑造一個名叫符榮的人，是一個舉止溫和的書商，戴著眼鏡，五十多歲，準備退休了，看起來像個學者。你安排他出了一點交通事故，另一位駕駛是外國人，滿嘴大蒜臭，兇巴巴地推擠符榮，把他的眼鏡打落。你不確定在這種情況下符榮會怎麼做，你重讀他的傳記，設想各種可能發展。你希望他機智而決斷，所以敘述他打開後車廂，拿出鐵棒，把那位外國駕駛打死了。

哪裡不對？這麼做很強悍，很斷然，而且透露了他個性的另一面。問題是，這樣的行為無法通過「他真的會這麼做嗎？」的測驗。只有在荒謬劇或諷刺小說中，作者不打算讓角色看來真實的情況下，才適合採取如此暴力的反應。讀者看到這裡，會說：「符榮才不會做這種事，至少，我所認識像他這樣的人不會。」然後就把小說丟進垃圾桶了。

這並不是說，即使在逼不得已的情況下，符榮也絕對不會這麼做。如果符榮被徵召參軍，他說不定會成為很嚴格的士官。事實上，電影《約克軍曹》（Sergeant York）中的主角約克，原本拒絕被徵召入伍，因為他主張和平。

時時留意用各種聰明的方式來讓角色達到最大發揮，你的故事就會說得精采。每當你的角色面臨重要抉擇，就問自己兩個關於最高智能的問題：「他真的會這麼做嗎？」以及「有沒有別種做法，會顯得更真實、更巧妙、更讓人拍案叫絕？」

這兩個問題，可以幫助你讓角色不逾越他的最高智能。維持在這範圍內，你的角色會表現得很好。

但你也許會問，要是這個角色的智能很低呢？沒有關係，他在低智能範圍內，還是一樣可以有最大發揮，讓人驚奇，讓人喜歡。例如你創造一個角色，他是公司經理，開的飛機在沙漠裡迫降了。他毫無求生技能，也就是說，在那樣的情況下他是智能很低的——在此之前，他所遭遇的最大困難不過是敲碎冰塊倒入伏特加酒。他笨手笨腳努力挖井取水，努力從仙人掌榨出汁來喝，努力捕殺蜥蜴等等，你可以寫成扣人心弦的故事，只要這位經理在他狹小的能力範圍之內，持續發揮最高智能就行。

改變、成長、發展，也在角色的最高智能範圍之內。角色不是僵硬不變的，他們是活生生的人，活的東西沒有不變的。但為什麼改變，就要靠小說作者的魔法棒了，也就是下一章的主題：衝突。

2

故事好看的三大定律：衝突！衝突！衝突！

利用衝突，讓人物活起來

小說家創造生動人物的一個方法是平鋪直敘：

鍾斯是個伐木工人，又高又瘦，臉上稜角分明，一雙深陷的眼睛滿蘊怒火。漆黑的頭髮凌亂地披掛在額頭上，脖子上滿布一條條如同繩索的青筋。臉頰上一道凹凸不平的醜疤，在黃色的燈光下彷彿會發亮。那模樣真是嚇人……

平鋪直敘，也許你就在讀者腦海中留下一個人的影像。但是要讓這個人活過來，就得讓他接受考驗，讓他被迫做決定，起而行動。

假設三個軍人在野外巡邏，來到一條小溪邊，必須渡過冰冷的溪水。十一月了，朔風侵人，涉水而過可不好受。士官下令休息十分鐘。一個士兵覺得該來的總是要來，乾脆先涉水過河，在對岸休息；第二個士兵利用這十分鐘往上游走，找到一處水比較淺的地方渡過，他沒能休息，但是少受了些冰水之苦；士官呢，休息了十分鐘，時間一到，就地渡河。

這三人所做的決定不是什麼大事，但各人處理問題的方法展現了他們的性格。第一個人認為晚苦不如早苦，第二個人願意多繞路而少受苦，第三個人把痛苦延遲到最後。你描寫一個人如何面對困難、障礙和衝突，就是在展現他的個性，證明他的人格特徵，讓他在讀者心中留下清晰鮮明的印象。

以下這幕場景，是存心要讓你睡著：

「早安。」他睡眼惺忪地說。

「早安。」她說。

「早餐好了？」

「還沒。你想吃什麼？」

他想了一想。「火腿加蛋好嗎？」

「好啊，」她接著說：「你要怎樣的蛋？」

「單面煎。」

「沒問題。要土司嗎？我有蜂蜜麵包，做成烤土司很棒。」

「我就吃吃看。」

「沒問題。土司要烤成怎樣？」

「烤成金黃。」

「塗奶油嗎？」

「嗯——好吧。」

「果醬？」

「好啊。」

他坐下來看報，她做早餐。

「報上有大新聞嗎？」她邊做邊問。

「紅襪隊昨晚連輸兩場。」

「可惜。」

「他們現在比第一名落後八場球了。」

「糟糕。今天你要做什麼？」

「不知道，還沒想。妳呢？」

「要割草。」

「我來做。」

「等你割完草，我們去公園好嗎，在那裡野餐。」

「好……」

讀起來感覺如何？無聊，是吧！這場景接近真實人生，但是裡面的人平淡無趣，沒有滋味，因為沒有發生衝突。我們看不出這兩個是怎樣的人，頂多了解也許他們很和氣。沒有什麼事情讓他們顯露真性情，沒有以行動顯示內心，光是閒聊，沒有深入的談話，所以顯得平淡無趣。讀者對於這樣的「閒聊」不會忍耐很久，如果看不出發生衝突的跡象，他們就會放棄這個故事了。諾特（William C. Knott）在一九七七年的《小說工藝》（The Craft of Fiction）一書中這麼形容：「再怎麼複雜的情節，如果沒有衝突來製造緊張和興奮，也是枉然。」

衝突，就是角色的欲求遭到阻攔。阻力可以來自大自然，來自其他角色，來自靈異世界，來自外太空，來自另一象限，來自自己的內心。可以來自任何地方。看一個角色怎麼對抗阻力，就能看出他是個怎樣的人，他的個性會在衝突中彰顯。讀者最感興趣的不是動作，而是人。是人讓動作有意義。故事在掙扎與奮鬥中展開，人的本性就在掙扎中流露。

再看看下面這個場景。兩個人不是光交談，而是有衝突。

「聖誕快樂，舅舅！上帝拯救你。」一個愉快的聲音喊道。

「呸！」史古基說：「小騙子！」

「聖誕節呀，舅舅，我怎麼會是騙子呢？」史古基的外甥說：「你是開玩笑的，我知道。」

「我才沒有開玩笑，」史古基說：「聖誕快樂？你有什麼權利快樂？你這麼窮。」

「別這麼說，」外甥輕快回答：「你又有什麼權利慘兮兮的？你有什麼理由憂愁？你這麼有錢。」

「呸！」史古基又說：「小騙子！」

「別發脾氣，舅舅！」外甥說。

「不然我能怎樣？」做舅舅的回答：「住在這遍地傻瓜的世界！聖誕快樂！去你的聖誕快樂！聖誕節對你而言不就是沒錢卻得付帳的時候？又老了

一歲，可是財富一點也沒增加；是清算收支的時候，可是你發現全年都有呆帳收不回。要是照我的意思，」史古基憤怒地說：「到處喊『聖誕快樂』的傻瓜都該給粥燙死，拿一根冬青枝刺穿他的心再埋起來！」

「舅舅！」外甥告饒。

「外甥！」做舅舅的嚴厲回答：「你照你的意思過聖誕，別管我怎麼過！」

「過聖誕！可是你不過聖誕。」

「那你就別管我了……」

（摘自狄更斯《小氣財神》，你當然知道啦。）

史古基在和外甥爭論聖誕節之間，他的個性就顯露了。我們看出史古基是個吝嗇的老富翁，他的外甥則是開心的窮光蛋。

角色之間的衝突永遠是一個堅持，另一個抗拒。精靈想要啟發史古基，史古基不想被啟發。在《飛越杜鵑窩》裡，馬克莫非（McMurphy）想解放整個精神病院，護理長則盡其所能維持現狀；亨伯特想要得到蘿莉塔，蘿莉塔努力躲開他；

老人想要捲起釣線，把大魚拉上來，大魚則寧可在大海裡優游。

當角色各有目標，各自努力去達成，衝突就產生了。事關重大而雙方都不肯讓步，你就有了極富戲劇性的題材。

衝突雙方要勢均力敵

拳王阿里如果要跟一個跛腳侏儒對打，沒有人會買票進場觀看。大力水手卜派打擊的對象如果是軟弱倒楣的溫痞，也就沒人要看那卡通了。雙方勢不均、力不敵，稱不上對抗，說不上爭鬥，就沒有故事可言。溫痞根本不是卜派的對手，他無法讓卜派竭盡智能，拿出決心和勇氣。卜派不需要吃菠菜就能輕易擊倒溫痞，只有在與他能力幾乎對等的壞蛋布魯托面前，卜派才受到真正的考驗。

拳賽主辦單位安排阿里迎戰另一位拳王「冒煙喬」（Smokin' Joe），就跟卡通畫家讓卜派對上布魯托一樣，遵奉的是「對抗」的原則。文學理論家胡爾（Raymond Hull）在一九八三年的著作《怎麼寫劇本》（How to Write a Play）中，用一道公式解釋這原則：

M+G+O=C

主角（Main Character）＋他的目標（His Goal）＋對抗力量（Opposition）＝衝突（Conflict）

勢均力敵的對抗，讓主角遇到夠大的阻力，不得不施展與對手相對等的力道和機巧。

勢均力敵的對抗中，主角不必是純潔高貴堅毅正直，他的對手也不一定要尖刻無情又殘酷。對手可以跟主角一樣，純潔高貴又堅毅。事實上，若是如此更好。勢均力敵的對抗不一定要有哪一方是壞蛋，對手可以和主角一樣具有英雄氣概。這不是說不可以有壞蛋，壞蛋有時候也是用得著的。這裡要說的是，勢均力敵的對抗，不一定需要壞蛋在裡面攪和。

它需要的是動機明確、全面立體、不落窠臼的人物。

比方你要寫一個年輕女人黛西的故事。她在公司裡受到男同事的性別歧視，必須起而對抗。最歧視女性的就是老闆錫拉姆，如果你描寫錫拉姆守舊落伍，頭腦又笨，老是氣呼呼地嘟囔：「女人就該待在家裡。」這樣就落入俗套了。但是，如果錫拉姆以前曾經提拔女性擔任高階主管，結果卻被他在紐約的對手挖角；抑或他以為自己只是就事論事，不知道管理階層歧視女性的態度讓女性員工紛紛求去。當然，也可以寫成錫拉姆暗戀黛西，若是讓黛西升遷，他就得與她密切共事，這是他努力想避免的。他覺得自己太老了，不適合她。這也沒錯，因為他已經八十三歲了，她才二十九。

換言之，設計對抗狀態時，要提供對抗雙方合情合理的觀點，讓讀者可以了解，甚至同情雙方。胡爾提到，「衝突的強度不是光憑主角的力道」，還要加上「對抗的力道」才行。主角與對手要有同樣強烈的動機，力量也相當，才能製造高潮迭起的劇情。

大烱鍋原則：讓人物受盡煎熬

馬力文斯基（Moses Malevinsky）在一九二五年的《劇本寫作的技藝》（The Science of Playwriting）中說，「大烱鍋」就是一只「鍋子或火爐」，裡面「熬煮、燒烤、細燉或慢孵」著情節，這是「劇情孵育滋長的一個最重要條件」。可以把大烱鍋想像成一個容器，所有人物都裝在裡面，溫度逐漸上升。大烱鍋讓他們不得脫身，困在彼此的衝突之中。埃格里指出，困在一起的人物，「不會中途停戰，從此和好。」

故事中的人物，如果寧可跟對方衝突下去也不願逃走，他們就不得不留在大烱鍋裡。你的讀者如果不明白「騎士為何不回家去，別屠龍了？」或是「麗安既然不喜歡海洛，何不跟老莫在一起就好？」這就表示你的筆下人物沒有足夠的動機困在大烱鍋裡。

比方你要寫一部小說，講一個男人很討厭他的工作，客戶老是對他咆哮，指責他做事太慢；老闆則不通情理，薪水很差，辦公室裡又瀰漫著雪茄菸味。讀者首先就想問：他為何不辭職？

所以，這個人必須有不能辭職的苦衷。你得把辦公室安排成他的大�鍋，不然故事就不會發生。也許這男人有十個孩子要養，他到別處工作的薪水只會更低，以致他不得不留在大熌鍋內。

再舉個例，你決定寫一個年輕女人，被愛管閒事的鄰居騷擾。讀者首先會問：何不搬家算了？你就得自問：要怎樣把她困在這裡？也許找房子不容易，也許這裡租金低，她租不起別的公寓。也許她前兩次都是被迫搬家，這回她再也不願被逼走了。總之，她得有很好的理由不搬走，這些理由就形成大熌鍋的箝制力量。

沒有大熌鍋把人物困在一起，就不會有衝突，沒有衝突就沒有戲。主角和對手各自基於不同的原因，不得不留在你的大熌鍋內，只好繼續衝突，直到終於解決——兩人結婚了，分出勝負了，錢財分配好了，海盜被拋進了大海等等。

創造人物時，要把他們想成困在一起的人。下面是幾個大熌鍋人物的例子：

◆互相衝突的父與子，會留在衝突之中，因為「慈」與「孝」把他們綁住，他們不能甩頭就走。愛是他們的大熌鍋。

◆夫妻會留在衝突之中，直到死亡或離婚。婚姻、愛與責任綁住他們。婚姻是他們的大燜鍋。

◆監獄裡的兩個室友如果發生衝突，會繼續下去，因為誰也不能自由走開。牢房把他們綁在一起，是他們的大燜鍋。

◆軍隊裡的士兵再怎麼痛恨他的士官，也不得脫身。軍隊是他的大燜鍋。

再舉一些明確的例子：

◆《飛越杜鵑窩》中的馬克莫非，被拘禁在精神病院裡，他決心要做「精神病人的頭兒」。他不能離開，因為法院判決將他拘禁在那裡。他若不當上頭兒，就會被擊垮。護理長決心擊垮他，因為她是病房總管，絕不容許有人在她的轄區內挑戰她，全盤控制病房是她生命中最重要的事。馬克莫非和護理長被困在一起，精神病院是他們的大燜鍋。

◆《老人與海》中的老人，已經把大魚釣上鉤了。他不能放手，因為他需要抓住大魚，證明他還是男子漢。魚無法獲得自由，因為魚鉤鉤住了牠的嘴。他倆的決鬥至死方休，這是他們的大燜鍋。

◆在《教父》中，柯里昂家族的敵人用盡心思奪取柯家的勢力。麥可．柯里昂必須阻止他們，否則全家就毀了。雙方都不能逃走，誰都不能一舉掃除對方，必須奮戰到底。對各自家族的責任是他們的大熠鍋。

◆在《包法利夫人》中，艾瑪嫁給了一個她討厭的人。在那個年代，離婚是不可能的，她跟他被困在一起。婚姻是他們的大熠鍋。

◆在《蘿莉塔》中，亨伯特愛蘿莉塔。她未成年，不得不跟他住在一起，因為沒有別處可去。他的愛和她的依賴形成他們的大熠鍋。

沒有內心掙扎，故事就沒有深度

內心掙扎，就是人物的願望在自己的內心遭遇阻礙——責任與恐懼交戰，愛與罪惡感交戰，野心與良知交戰等等。虛構人物與真人一樣，內心的掙扎令他們痛苦。真實的人會猶豫躊躇，拿不定主意，心中又疑又懼，這些都是內心掙扎的表徵。有了內心掙扎，人物不僅有趣，而且讓讀者記憶鮮明。人物有強烈的內心掙扎，讀者才會對他產生深刻的同理心。就算你創造出文學史上最倒楣的人物，如果他沒有內心掙扎，讀者只會可憐他，沒有別的。

亨伯特對美少女起了色心，他若沒有在內心掙扎，讀者就會厭惡他。

老人對大魚非常同情，殺死牠令他良心不安。否則，這就只是一個冒險奇談，不值一讀。

雷馬斯在鐵幕後面，領悟到他的政府機器與共產國家的政府是一丘之貉。他的內心飽受衝擊，以致最後以死亡來解決。

包法利夫人如果沒有內心掙扎，福樓拜的小說就成了通俗言情。一個家庭主婦出軌，誰管她呢？

麥可·柯里昂很善良，他愛他的家人，所以危難當頭時，不能不出面搭救他們。他的靈魂受到何等煎熬！

你的筆下人物如果沒有內心掙扎，寫出來的就是俗作。有了內心掙扎，人物才有血有肉，患得患失。

假設你想要寫一個故事，關於一個男人想要娶一個女人。他追求她，她拒絕，歷經困難，她終於答應嫁給他。故事梗概便是如此。追求與抗拒是起伏，但不夠跌宕。中心人物如果沒有內心掙扎，情節就沒有深度。於是你絞腦汁，看要怎樣讓他們的內心起衝突。你自問，假設他是個佛教禪宗弟子，非常虔誠，她則並非佛教徒，他的父母和同門師兄弟都反對雙方結婚？這樣他有了內心掙扎，要與家人的意見對抗。她愛他，但不願夾在他和他的父母中間，這也是內心掙扎。這麼一來，你就有了好的小說題材。

當然，內心掙扎不一定源於宗教。文化或種族差異、階級或族群背景、誘惑、性慾、性幻想、怠忽職責、愛國心、忠誠、懶惰，只要是人物特別在乎的都可以。

如果有一個邪惡的大壞蛋威脅某人的家人，這人殺死了大壞蛋，他不會有悔恨、罪惡、懷疑和不安等情緒。當酷斯拉啃食東京人的時候，殺死酷斯拉並不違反道德，不用良心不安，唯一要決定的是該逃走還是與牠正面對抗，兩種選擇都說得過去。沒有人會說逃離酷斯拉的人是膽小鬼。至於對抗酷斯拉，畫成漫畫在報紙週日版刊出是不錯的，卻不適合當成劇情小說的題材，因為沒有內心掙扎。

造成內心衝突的對抗力量不需要很大，面對的問題也不需要多了不起，只要當事人覺得很重大就行。某人可能會為偷了一文錢而痛苦難安，另一人可能竊取了一百萬還是每晚睡得香甜。可是偷了一文錢的人如果覺得自己的操守、榮譽、尊嚴都因此破壞，那麼就比偷了一百萬卻毫不在乎的人更值得寫。

拿捏人物的內心掙扎要小心。如果你的男主角接到徵召令要上戰場，但他不想去，你要給他很好的理由。也許他堅決反戰，也許他膽小如鼠，也許他反對國家的政策；如果你的男主角要愛上一個愛爾蘭的天主教徒，你就把他安排成英國的新教徒；如果你要讓主角的愛國心受到考驗，你得先確定他真的很愛國。這叫做「把人物釘死在兩難的處境」。

如果你的人物有說得通的強大理由，必須得到什麼或必須做什麼，可是又因為同樣強大、同樣有道理的原因，讓他不能擁有或不能這麼做，那麼你就把他牢牢地釘在兩難的處境了。當你的人物被兩種同樣強大的力量朝兩個相反的方向拉扯，彷彿要被拉成兩半似的，你就知道他被釘死了。

比方有一個年輕人，為了報復他父親的死亡，覺得非得殺死他母親的新丈夫不可。可是他的道德感很強，非常反對殺人。而且，雖然父親的亡魂告訴他，新丈夫就是凶手，他卻不相信繼父犯下此罪。像這樣一個釘死在兩難處境的人物，會是扣人心弦的戲劇明星。當然，已經有人寫出了這樣的戲劇，劇名叫做《哈姆雷特》。

衝突的類型：停滯、跳躍和緩慢升高

在一八九四年出版的《戲劇的技術》（Technique of the Drama）一書中，德國劇作家弗雷塔格（Gustav Freytag）寫道：「戲劇所描述的是抗爭，在靈魂的強烈動盪（內心掙扎）之下，主角向對抗的力量發動攻擊。」抗爭是戲劇中的行動，弗雷塔格指出，「行動升高到某個程度，就是高潮，然後下降。」他將這個高潮視為「全劇最重要的地方」。

埃格里則認為，抗爭、行動，就是「衝突」。衝突沒有升高，他說是「停滯」。衝突升高得太快，他稱為「跳躍」。弗雷塔格所謂「升高的行動」，埃格里說是「緩慢上升的衝突」。這種衝突是劇作家想要的，問題在於身為作家的你，如何知道你的衝突是停滯、跳躍或是緩升型？

停滯的衝突是故事中有衝突，但是沒有產生變化。槍砲互射，是嚴重衝突，但是若停留在同一層次，戰況沒有升高也沒有降低，它就是停滯型。鬥嘴、嘮叨是停滯型的衝突。例如兩個小孩互相叫囂：「你會！——我不會！——你就是會！——我就是不會！」這是停滯型衝突。

衝突一停滯，小說就觸了礁。埃格里指出，在停滯的衝突中，人物不會往前進。害羞的人繼續害羞，勇敢的人仍然勇敢；軟弱的人照樣軟弱，強硬的人依舊強硬。停滯的衝突讓讀者厭倦，只比完全沒動靜略勝一籌。

跳躍式衝突是從一個緊張層次跳升至另一個層次，中間沒有恰當的動機或過渡階段。就好像一個人，應該只是有點被惹惱，他卻反應過激，彷彿恨得牙癢癢的。跳躍式的衝突常見於低劣通俗劇，人物一會兒溫柔體貼，一會兒暴跳如雷，接下來又是寬恕又是什麼的，令讀者看得頭昏眼花。當然，在突發狀況下，人是有可能從一種情緒立刻跳進另一種情緒。如果酷斯拉從天而降，一腳踩進你筆下人物的臥房，恐怕就會雞飛狗跳。但是如果沒有類似情況，跳躍式衝突（人物的情緒迅速改變）是不該發生的。

在最好的劇情小說中，衝突都是緩慢升高的。衝突中見證真情，緩慢升高的衝突會比跳躍式或停滯式衝突更能顯露人物的各個面向，因為他在各個階段會有不同的反應。隨著衝突升高，人物會在回應中改變，洩露他的所有本性。

在緩慢升高的衝突中，人物會經歷幾個情緒階段，比方從煩躁到焦躁，到微慍，到盛怒，到狂怒。在跳躍式衝突中，他會從煩躁一下子跳到狂怒；在停滯式衝突中，他則停留在某一個階段，例如在整個場景中都維持盛怒。緩慢升高的衝突中，情勢發展到高潮時，角色的個性充分流露，因為讀者看到他在每個情緒階段的表現與反應。

寫作劇情小說的藝術，就是能夠在緩慢升高的衝突中緊緊抓住讀者。埃格里說，製造緩慢升高的衝突，祕訣在於把衝突想成攻擊與反擊，如同主角與對手都是戰略專家，正在進行戰爭攻防。舉個例子：

「你不相信我。」精靈說道。（敘述明顯事實；他還沒有發動攻勢，只是在陳述立場）

「我不相信。」史古基回答。（也是表明立場）

「你憑自己的感官，難道不能察覺我的存在，還需要更多的證據嗎？」（低度攻擊）

「我不知道。」史古基說。（低度防衛；雙方都還在測試對方）

「你為什麼懷疑自己的感覺？」（增加攻擊力道）

「因為，」史古基說：「感覺容易受小事影響。肚子有點不舒服，感覺就被矇蔽。你也許只是一塊不消化的牛肉，一小坨芥末，一塊乳酪，一丁點沒煮熟的馬鈴薯在作怪（防衛）。不管你是啥，你的油腥味兒倒比墳土味兒重（反擊）！你看到這根牙籤了吧？」史古基說。（準備發動攻勢了）

「看到了。」精靈回答。（假裝講理，準備防衛）

「你根本沒看。」史古基說。（攻擊了）

「可是我看到了，」精靈說：「不用看。」（防衛）

「這樣噢！」史古基回嘴：「那我只好聽你的鬼話，然後有生之年就讓一群我自己想像出來的鬼怪指東說西。我告訴你，全是胡說八道，胡說八道！」（側炮全開，衝突升高）

精靈聽他如此說，發出嚇人的吼叫，甩動鐵鍊，造成恐怖的聲響（大反擊）。史古基緊抓住椅子，免得昏倒而滑落地面（撤退）。可是接著，精靈好像覺得屋裡太暖，於是取下纏頭的繃帶，結果下巴掉落到胸前（總攻擊，正面攻擊）！史古基嚇壞了。

史古基跪下，兩手在臉前交握（全面撤退）。「饒命！」他說：「可怕的妖怪，你為何找我的麻煩？」（新戰術，攻擊）

「俗心凡人！」精靈回答：「你到底信不信我？」（反擊）

「我信。」史古基說。（投降）

新手作家可能會讓史古基一見到精靈就跪倒在地，狄更斯卻透過升高的衝突，演繹出這場鬥爭。

那麼，你要以什麼方式創作小說，才一定會造成漸升的衝突呢？首先，構思時要永遠記掛著漸升的衝突。你的角色應該面對不斷增加的障礙；他們的問題愈來愈多，受到的壓力愈來愈大。

比方你的主角的問題是他被開除了。起先這問題不算大，可是帳單漸漸到期，他得把車子藏起來以免被債主扣押，另尋工作的壓力增強了，接著他的妻子要離他而去，銀行要沒收他的房產來償還貸款，而他最好的朋友——他的狗——吃了他餵的便宜狗食，產生過敏……

如此這般，你的主角有了漸升的衝突，愈來愈大的危機。

人物必須往前進展，衝突才會升高；衝突升高，人物也就改變了。在上述的場景中，史古基剛見到精靈時，表現得很冷靜。他兩眼直視精靈，說：「你不過是我想像出來的。」接著精靈發出「嚇人的吼叫」，然後取下纏頭繃帶，讓「下巴掉落到胸前」。史古基再也冷靜不了，雙膝跪地，叫道：「饒命！」這是行動升高。如果史古基保持冷靜，他會跪下叫喊嗎？如果他沒有改變，他會嗎？不會。

你故事中那個失業的人也一樣。如果失業時他保持冷靜，汽車被扣押時、狗生病時、妻子求去時，以至房屋被沒收時，他若始終保持冷靜，就沒有升高的衝突，只有一個很冷靜的人，忍受著命運給他的百般挫折而不動搖，讀者很快就不想看了。除非這些是喜劇的情節。

注意筆下的人物在一個場景開端時的情緒，再看看結尾時的情緒。在每一個場景中，人物的情緒都應該節節升高，比方從冷靜到害怕，懷恨到原諒，殘酷到同情等等。如果有衝突但沒改變，那是停滯型衝突。如果人物在這場景中改變了，但不是步步進展出來的，你寫出的可能是跳躍式衝突。人物因為衝突，情緒逐步改變，那才是緩慢升高，才是對的。

確立小說類型，掌握共通原則

每個劇情故事都有一個「核心衝突」。你讀完一本小說，之後有人問你那是什麼小說，你的腦袋會迅速分析故事裡的衝突，剔除次要，找出核心——你會說：「對了，這書講的是船難（鐵達尼號沉沒記）。」

- 《老人與海》的核心衝突是老人與大魚之間的生死鬥爭。
- 《冷戰諜魂》的核心衝突是在雷馬斯與偵訊他的東德情報人員之間。
- 《小氣財神》的核心衝突是在史古基和精靈之間。
- 《蘿莉塔》的核心衝突是在亨伯特與蘿莉塔之間。
- 《教父》的核心衝突是在柯里昂家族與其他紐約黑幫家族之間。
- 《包法利夫人》裡的艾瑪與周遭嚴謹社會起衝突，這是全書的核心。
- 《飛越杜鵑窩》裡的馬克莫非與護理長的衝突是核心。

以上每一部小說中都有其他的衝突。史古基跟他的外甥、職員和來跟他募捐的人之間都有衝突；馬克莫非不僅與護理長起衝突，也與別的病人和職員起衝突；雷馬斯跟他的女朋友和上司有衝突；柯里昂家族從事各種非法行業，造成無數衝突；艾瑪與她的丈夫查理不合，也與她的情人吵架。

所以故事裡可能經常有好幾條線，都在累積衝突。一個人物可能一方面設計推翻國王，一方面捲入一場戀愛；一個角色可能一方面試著在找份好工作，一方面正在與丈夫辦離婚。但是在以情節為重的小說裡，總是會有一個很容易辨認的核心衝突。文學理論家胡爾在《怎麼寫劇本》一書中提到，核心衝突的種類包括「人對抗自然」、「人對抗人」、「人對抗社會」、「人對抗自己」、「人對抗命運」等等。

雖然核心衝突決定小說的主題，卻不一定能決定小說的類型。類型，是書商根據寫作公式與行銷慣例來做的文學分類。在書店裡，各個書架分別標示為「文學」、「大眾」、「推理」、「奇幻」等等。不管你喜不喜歡，身為作家，你得遵守這些公式與慣例。

美國人偏好創新，往往反對按照嚴格分類來寫作。不幸的是，這無法避免，因為根據類型來判斷是人類心理的本能。

站在讀者的立場想一想。有人送了你一本書作為生日禮物，書是叫傅瑞的傢伙寫的，名為《水果蛋糕》。送書給你的是你的姊夫，那個蠢蛋竟然把書衣弄丟了，所以你無法從書的封面來判斷這是怎樣的一本書。從書名看來，它可能是烹飪書，可是「水果蛋糕」一詞的另一個意思是「神經病」。你打開書，扉頁寫著「水果蛋糕」，底下還有「小說」二字。現在你可以做第一個判斷：啊，好，是小說。

獻辭說：「獻給我摯愛的妻子麗莎，她不得不跟這個水果蛋糕共同生活，忍受他的神經兮兮。」

於是你做了第二個判斷：既然作者自比為水果蛋糕，這一定是關於一個瘋子的自傳型小說了。

聽起來像是馮內果（Kurt Vonnegut）會寫的東西，而你挺喜歡馮內果，所以你對自己說，嗯，說不定很好看呢。根據歸類，你產生了某種期望。翻開下一頁，引述了莎士比亞的名句：「爛蘋果都差不多。」好，你想這會是喜劇，哪一種喜劇還不知道，但是用這樣的名句開頭，一定是喜劇。

第一章描述第一人稱主角，以作者本人的語氣，說他在一九五〇年代念紐約州雪城的一所高中，日子過得歡快，喝得爛醉，跟一個愛傻笑的女孩在四九年份的賓士轎車後座做愛，參加的足球隊被對手打得落花流水……這類趣事，語調很輕快，對話輕鬆俏皮。於是你猜想，這是像《麥田捕手》那樣的書，只是更好笑些。你決定了它的種、它的類，你的判斷是根據書名、獻辭、書前引語以及第一章的內容。

第二章一開始，前一章介紹過的愛傻笑的女孩慘遭謀殺。而吉米，就是說話輕快的敘述人，被指控為凶手。驗屍後發現，被害人肚子裡懷了吉米的孩子。你忽然發現自己錯判了這書的類型，這小說現在看起來非常嚴肅。男主角立誓要找出真正的凶手，你認清書中的核心衝突是找出凶手，於是把它歸類為謀殺推理，這是你對該書類型的第四次猜測。你的看法有了重大轉變——從喜劇轉變為謀殺推理。

第三章開頭講吉米碰到外星人，這些傢伙來自編號 K-74 的外銀河系，一個名叫「水果蛋糕」的行星；他們在若干年前把那女孩留在地球上了，現在來接她回去。這些外星人莽莽撞撞，情節忽然變得很離奇，有一個外星人被控謀殺那女孩而受到審判……

如此這般，你會發現，讀者一邊閱讀，一邊根據作者的意圖判斷書的類別。

是作者的意圖，經由讀者判定，來為書歸類。既然書名叫做《水果蛋糕》，內容顯然在胡鬧，是否真有一個類別叫做「喜劇／性愛／謀殺推理／科幻／法庭論辯類」根本無所謂，讀者會一邊閱讀一邊調整他的類型判斷。但是這調整是有限度的。多數讀者都希望能立即猜到書的類型，最好從封面就能看出。你唬弄他們太久，他們就放棄閱讀，這是你的損失。很不幸的，《水果蛋糕》這類小說就叫做「笨小說」，沒有多少讀者。

有些類型的小說在市場上比較受歡迎，因為讀者根據過去經驗，知道自己比較喜歡謀殺推理類，勝過超現實的奇幻類。那沒辦法，類型明確的小說就是比較好賣。編輯知道讀者喜歡什麼，至少自認知道。少有編輯願意打破常規去冒險，因此，類型的常規就愈來愈嚴格，多年下來，作家簡直像穿了鐵背心，動彈不得。情況演變至此，小說就變成公式，按照固定規律寫作，羅曼史小說大部分都變成了公式小說。

不論你在寫哪個類型的小說——文學類、大眾類，或是其他如科幻、羅曼史、推理、黑色、奇幻等等，你必須知道這類型的典範與規則，否則就別想出版。

怎樣知道有哪些規則呢？去圖書館借一大堆你想要寫的那一類書，然後發瘋似地埋頭苦讀。沒有快一點的方法嗎？抱歉，沒有捷徑。不把你想要寫的類型讀透，你不可能寫得好。要深深浸淫在那個類型的典範之內，把其中的每個規矩都學到。

熟知了這一類型，你就會知道在這個類別裡，有哪些前提是可行的。也許你會問：「前提？那是什麼？」如果把衝突視為故事寫作的彈藥，那麼前提就是發射彈藥的大砲，也就是第三章的主題。

3

小說存在的理由：前提

什麼是前提？

◆把前提想成婚姻中的愛情。
◆把前提想成魔術師的咒語，他一念，兔子就從帽子裡出現了。
◆前提有如鋼筋混凝土之中的鋼筋。
◆前提像是小說寫作中的基礎公式：$E = mc^2$。

以上皆是，還有更多。

◆它是你寫作這部小說的原因。
◆它是你必須證明的論點。
◆它是你的小說存在的理由。
◆它是你想表達的核心、內心、中心與靈魂。

還是不懂？往下看吧。

小說必須首尾俱全、前後呼應

歐維斯（Mary Burchard Orvis）在一九四八年的著作《小說寫作的藝術》（The Art of Writing Fiction）中聲言：

好小說都有整體的結構，即使是很新穎、很魔幻的小說也要首尾俱全，前後呼應。說實話，看小說比實際人生體驗更發人深省，原因就是小說解析人生，讓讀者看出諸多事件的因果關係，看出每樁事情的意義所在。人生充滿挫折，混亂又不合邏輯，千迴百轉可是常常看不出道理。人生盡是沒有必要的苦、痛和悲。可是人講理性，有理想，總是想把這世界歸納出一個脈絡，以便規劃未來，發揮個人潛力。他也許會向宗教、哲學、詩歌或小說尋找人生之謎的解答。如果他在小說裡尋找，他希望讀到結構完整清晰、因果關係明確、涵蓋人生意義的故事……

亞里斯多德很明白小說必須起承轉合、首尾呼應的道理。他在《詩學》（The

Poetics）裡解釋「行動要一致」，認為故事應該「自身完整具足，有起始、有中段、有結尾，整個靈活協調，像一個活體」。

此後的理論家都想要找出達成此種協調的訣竅。這個訣竅是基本功法，小說裡應包含哪些要素，要有哪些人物、事件、糾葛、發展、價值觀等，哪些則不要，都看作者依此基本功來判斷裁決。

舉例來說，弗雷塔格在《戲劇的技術》中，嘗試說明暗藏在整體規劃下的訣竅，以花俏的文字指出故事的元素是揉合在「詩人的靈魂」裡。他解釋這些要素是怎麼塑造、怎麼改變的：

> 主要元素，作者在心裡有鮮明的圖像，深深理解其主題深邃重大，其人物引人神往，其情節扣人心弦。當劇情進展到某個程度，主要元素脫穎而出，旁枝末節隱而不見，主脈絡首尾合龍，因果昭然。如此產生的新的結合體，就是戲劇的基念（idea）。它就是中心，以後的個別發展都出自它，如光線來自光源。基念的力量就像是在化學作用中，讓物質結晶的神祕力量……

弗雷塔格所謂戲劇的「基念」，是想要形容故事中前後呼應、首尾合一的要訣。

馬力文斯基在《劇本寫作的技藝》中，卻不同意弗雷塔格的「基念」說。他寫道：「我們認為，劇本是從某種基本情緒萌芽，或是出自基本情緒中的某個元素……」

佛斯特哈里斯（William Foster-Harris）一九四四年的著作《小說的基本公式》（The Basic Formulas of Fiction）流傳頗廣，他在裡面另有主張，指出小說寫作暗藏的機關是「一個道德的算數問題」，例如「驕傲＋愛情＝快樂」。初學的作者多半覺得他這個公式在寫作時很管用。

說得最好的也許是普萊斯（W. T. Price），他在一九〇八年《劇本架構與戲劇原則之分析》（The Analysis of Play Construction and Dramatic Principle）中提出，故事寫作的基底是「命題」，是一個「簡短、合理的聲明或推論，要用整個戲劇的全部動作來說明。」

這個推論，埃格里稱為「前提」或「目的」，也就是「主題、根本意念、中心意念、目標、靶子、驅動力量、主旨、計畫、情節，或基本情緒」。他選擇稱之為「前提」，「因為這個詞包含了所有其他字眼想表達的元素，也因為這個詞比較不容易誤解。」

埃格里講的是劇本寫作，不過用在超棒小說的寫作上一樣合適。

一個故事，只能有一個前提

如果你想要提出一個論點，比方「養狗當寵物比養貓好」，要如何證明你是對的？你可以說，狗比較友善、比較容易訓練、比較可愛、比較聽話等等，還可以加上諸多狗的優點和貓的缺點，雖然你知道貓也有優點，但你不提，因為那就不符合你的論點了。前提就是結論的預先聲明，是要用整個論辯過程證明的論點。論辯的每個部分都要支持前提，才是好的論辯。

如果你要寫一篇簡單的論說文，非小說，可以照這個方式一直寫下去。寫成書的話，就是一本冗長的論述。你要證明你的前提，你的前提就是你的結論。比方你要寫一本非小說，主張「白領犯罪很賺錢」，你不會闢一專章詳述著名白領罪犯都被判了多長的刑期。你不能這麼做，因為這不符合你的前提。反之，你會舉出成百上千的白領犯罪者都逍遙法外，靠非法錢財過著豪奢生活。

看看好的論說類非小說書籍，你很容易看出作者的前提。《李將軍：南方邦聯的英雄》這樣名字的書，會告訴你有關李將軍與美國內戰，絕不會有一章講在西藏採玫瑰。一本關於拯救野生動物的書，不會附加怎麼打撲克牌的文章。前提把作者限定在他的主題上。

在非小說類的書裡，作者的前提是「放諸四海皆準」的事實。前提可能是「戰爭是禍」、「殺蟲劑有幫助」、「菲爾莫是個好總統」等。說它「放諸四海皆準」，因為按照作者提出的證據，誰都可以再三證明此前提為真。讀者如果採信其說，他就認為自己明白了真相，即使有別的作者提出不同的說法他也不信。非小說類的作者為了支持自己的前提，會提出證據，都是你在「真實」世界中可以檢驗、可以論證的。

小說的前提，卻是不能在「真實」世界裡證明和論辯的。原因在於，小說作品的前提不是放諸四海皆準的事實，它只在小說裡的特殊情況下成立。

比方你想在小說裡證明「婚前性行為會導致災禍」。你捏造了兩個人，山姆和瑪莉，兩人發生了婚前性關係，結果壞事就發生在他們身上。山姆深感罪過，意氣消沉而開始酗酒，失去工作，最後流落街頭。瑪莉失去貞操之後，受到家庭排斥，山姆離開了她，最後她自殺了。你證明了你的前提，但只是在你的小說世界裡，而不是在真實世界。婚前性行為導致災難，這不是一個放諸四海皆準的事實，不是每對情侶都會有此結局，它只發生在山姆和瑪莉身上而已。

你的下一本小說前提也許是「婚前性行為導致幸福」。在這本小說裡，農場工人哈利和擠牛奶女工貝絲在穀倉後面偷嚐禁果，結果他們的乏味人生就此轉變：他們有了活力，離開農場，到城裡去找到好工作，開展了事業。因為婚前性行為並不會導致每個人都得到幸福，這不是放諸四海皆準的事實，只發生在你創作的小說裡，哈利與貝絲的身上。

小說的前提只是聲明，由於故事中的核心衝突，書中人物變成怎樣。以下是幾個例子：

- 在《教父》中，普佐讓我們看到，一個家族的兒子因為愛家人、尊敬家族，勉為其難成為黑手黨老大。「對家族的忠誠導致犯罪人生」這個前提，普佐證明得很有力。

◆在《老人與海》中，海明威要證明的前提是「勇氣帶來救贖」。老人做到了。
◆狄更斯在《小氣財神》中，讓我們看到一個吝嗇老頭受到聖誕精靈的譴責，轉變成聖誕老人型的人物。前提是「被迫省視自己，導致慷慨大方」。
◆勒卡雷在《冷戰諜魂》中讓我們看到，即使是最偉大的間諜，一旦被自己的政府出賣，也會失意喪志。前提是「認清實情導致自殺」。
◆克西的《飛越杜鵑窩》證明他的前提：「最堅定絕情的精神病院，也壓不垮人的意志。」
◆納博科夫的《蘿莉塔》證明「熱戀導致死亡」，至少亨伯特是這樣。
◆福樓拜深知前提，《包法利夫人》證明「不倫之戀導致死亡」。

每一個講故事的小說都有前提嗎？是的。只有一個前提嗎？是的。你不能同時騎兩輛腳踏車。狄更斯的《小氣財神》，除了「被迫省視自己，導致慷慨大方」這個前提外，若同時想要證明「犯罪沒有好報」會如何呢？他就得安排史古基被逮到詐欺，因而受刑罰。這樣行不通，是吧？要是克西除了「最堅定絕情的精神病院，也壓不垮人的意志」這個前提之外，還想證明「愛能戰勝一切」，又會怎樣？

那他就真要發神經了。他怎能同時聲明人的意志壓不垮？他做不到。

一旦了解前提的性質，你就會知道一個故事只能有一個前提。在小說裡，前提是假想論點的結論。在非小說的論辯中，你不能同時證明兩個前提，在虛構的論辯中也是一樣。比方主角最後死了，怎麼死的？因為他搶銀行；他去搶銀行，因為他需要錢；他需要錢，因為他打算跟女友私奔；他想要私奔，因為他狂戀那女孩。因此，他被殺死是因為他在熱戀中，「熱戀導致死亡」就是前提。

如果故事的結尾沒有跟前面發生的事產生因果關聯，它就不是劇情小說。亞里斯多德說：「在簡單的劇作與演出中，段落式是最糟的一種。什麼是段落式？就是前因後果沒有連貫。」換言之，前後沒有因果關係。沒有這種關係，事件不能累積成高潮。所以，劇情小說只能有一個前提，因為它只能有一個高潮，在高潮中，核心衝突解決了。核心衝突獲得解決，就是證明了前提。

當然，一部小說可以由不只一個故事組成。《老人與海》是單一故事，《包法利夫人》也是，《飛越杜鵑窩》也是。但是爾文．蕭（Irwin Shaw）的《富人，窮人》（Rich Man, Poor Man）是由許多故事組成，各個故事彼此相關，因為都發生在喬達西（Jordache）一家身上。這小說整體是沒有前提的，但架構中的每個故事各有其前提。這是各別同時發生的故事集，或次情節，編織進主情節中。這些故事和別的故事一樣，各有其前提。

前提不能過於空泛

第一章我們談過偵探故事，我舉了例子：名叫波爾·班寧頓·米契的年輕偵探，立志證明自己跟他的硬漢老爸一樣強。波爾接到一個案子，是一個女人謀殺親夫，因為男人販毒，令家族蒙羞。這個故事的前提是什麼？「紙包不住火」怎麼樣？

你說呢？到頭來女兇手的罪行暴露了，不是嗎？紙確實沒包住火，這不是很好的一個前提嗎？不，不好，太含糊，可以用在任何一部偵探小說上。前提必須是這個故事獨有的。以這例子來說，女人行凶是為了避免家族蒙羞，結果被抓到，反而羞辱了自己。因此，前提應該是「想要避免羞辱，結果帶來災難，反而辱及自己和原本想保護的家人。」

她渴盼維持社會地位，這願望熾熱如火，於是她殺人，前提可以說得更簡潔：熱中地位招來恥辱。

以下舉幾個例子，都是太空泛而毫無意義的前提：

◆不可相信陌生人。
◆貧窮百事哀。
◆戰爭殺人。
◆生命美好。
◆人生難逃一死。
◆生命短暫。

這些前提若改成這樣，就行得通：

◆信任陌生人，終會幻滅。
◆出身貧賤養成的貪婪無度，令人孤僻無情。

◆任你是王公將相，也難逃戰爭毒手。
◆愛讓人快樂。
◆「人生難逃一死」無法改成可用的前提。人生自古誰無死，這是明顯事實。
◆「生命短暫」也不能改成可用前提。它可以作為故事的寓意，但不是前提。

讓人物帶你找出需要的前提

故事的發想可以來自任何地方，一種感覺，一個印象。或許是一段模糊的記憶，關於二十年前在高中舞會上，差點跟暗戀對象共舞那件事；也或許是你在公車上遇見的某人；或是你那愛喝酒的叔叔阿猛。你也可能設想「要是怎樣，便會如何」。要是一個火星人當選了總統？要是收垃圾的婦人發現一百萬現金？要是游泳名將變成半身不遂？發想可能只是一個模糊的感覺，覺得某個人物、某種狀況、某個意念或許可以發展成故事。挑選最喜歡的一個點子，比方阿猛叔叔，這是第一步。接著，你坐下來，構思情節。

諾特在《小說工藝》一書中建議，不要一開始就建立前提（他稱之為主題），而是先想人物。他在書中指出：「你覺得這個人物該擁有怎樣的紙上人生？是人物在催逼你寫作，要你把他的故事寫出來。」

你開始想阿猛叔叔。也許你其實不太了解他，不曉得編派怎樣的故事給他才好。你只是覺得這人有意思，他收集昆蟲，抽味道很重的菸草；他講笑話笑死人；他跟他太太大聲爭吵；他早年服膺社會主義，熱情至今不減。這麼有趣的人，你要怎麼把他寫進故事裡呢？你在腦袋裡想像他，用力想，可是想不出故事，你卡住了。故事在哪裡？阿猛叔叔一定經歷過什麼。當然，你要找的是一個困境。要放火燒山，得先點燃火柴；要讓人物暴跳，得讓他陷入衝突。

阿猛叔叔常讓你訝異的是他小氣巴拉。他愛財如命，假如有一個騙子遊說他去買佛羅里達州的沼澤地，他會上鉤嗎？有可能，阿猛叔叔很貪心的。你決定著手寫草稿，看看會怎樣。前提還沒有出現，不過一定是這樣開頭：「貪心導致……」

下一步是想想結局會怎樣。你想讓阿猛叔叔學個教訓，可是不合實際。阿猛叔叔素來貪心，但從來沒為此吃過虧。阿猛叔叔會想辦法扭轉情勢，結果反而得利。得什麼利？財富？心靈提升？愛情？你想要把故事編得特別一點。假設他真的上當了，他會大吵大鬧，他的照片可能會上報，說不定連《時代》雜誌都會報導。讓他接受訪問一定很有意思，電視台可能會邀請他上節目，全國觀眾都覺得他挺有趣的。貪得錢財的結果，他可能因此得到盛名。前提有了——貪心導致盛名。

尋找前提沒有公式。你就是先想定一個人物或一個狀況，給主角製造一個困境，然後揣想會怎麼發展。讓你的想像力飛馳，就有無窮的可能。

好，假設你寫完了這個故事，想要寫另一個。你喜歡高中舞會，差點與暗戀多時但從未交談的佳人共舞那段。男方單戀，這就是他的困境。他的名字是奧圖，她的名字是雪拉。他只知道她家剛搬到鎮上，她父親是大富翁。一看到她，他就嚇得呆若木雞，沒辦法上前跟她說話。前提有了嗎？還沒有，也許會是「熱愛導致……」，可是還不確定。

於是你天馬行空地想像：高中畢業後的暑假，奧圖經過雪拉的家，看見她在自家游泳池裡游泳，做日光浴；他的喉嚨一緊，眼鏡起霧，想要走上前去隔著圍籬跟她說話，可是腳卻不聽使喚；最後他鼓起勇氣打電話給她，太好了，她記得在學校看過他，更棒的是，她願意跟他出去玩；他們開始約會，他愛她愛到一靠近她就結巴；她呢，起先對他感興趣，因為他一副聰明相，可是很快就覺得沒意思了，因為他不好玩，而雪拉是愛玩的女孩；漸漸地她找藉口不跟他出去，他陷入絕望，鬱鬱寡歡，有自殺傾向。

如果他自殺了，你的前提就會是「熱愛導致自殺」。

如果他轉而與其他比較誠懇的女孩交好，那就是「單戀導致移情別戀」。

如果他放棄戀愛，把力氣轉而投入工作，則會是「單戀導致工作狂」。

建構前提時，記得三個C

建構前提沒有公式，但是據埃格里說，好的前提應該講到某人遭遇一連串的衝突，結果在某方面產生了變化，導致一個結果。一個懦夫上戰場，變成英雄；一個勇士上戰場，變成懦夫。參孫的頭髮被剪掉，失去了神力，但是他的神力隨著頭髮生長而恢復了。建構前提時，記得三個C：人物（或角色，character），衝突（conflict）和結果（conclusion）。一個劇情故事就是主角經歷危機而轉變，前提是這轉變的簡短敘述。

你可能會想，能不能使用別人用過的前提？當然可以，前提是任人取用的。福樓拜的《包法利夫人》和托爾斯泰的《安娜・卡列妮娜》是同一個前提（不倫之戀導致死亡），市面上還有很多比較不出名的小說都是。參孫和大利拉這個題材有多少小說採用過？成千上百。可曾讀過關於一個相貌普通但善良的女孩終於嫁了個好丈夫的故事？這題材寫過千萬遍，還會再寫千萬遍。所以，儘管放膽盜用任何前提。比方說「貪婪導致滿足」這個前提，每個小說家都可以用來寫一本小說，而且絕不會有任何兩本雷同。

選材做得好，故事才會緊湊

選材——選擇在小說中納入什麼，略去哪些——是作者的重要工作之一。省略掉故事不需要的場景、描述、人物和對話，就是去蕪存菁。選材選得好，讀者會覺得故事「緊湊」；選得不好，讀者就覺得故事「拖拖拉拉」。抓緊前提能讓你了解兩者的差別何在。如何利用前提幫助選材？我們先看看非小說類的書是怎麼做的。假如你想要寫一本關於杜魯門的書，你打算命名為《杜魯門時代》，計畫包含以下子題：

- 杜魯門追求妻子貝絲的經過。
- 杜魯門當男裝店員的經過。
- 杜魯門夫人貝絲最喜愛的食譜大全。
- 杜魯門主義之功過評論。
- 杜魯門的退休生活。

你會選擇哪些納入你的非小說類著作？很難說，因為名為《杜魯門時代》的書，可以包含以上全部，也可以全部不含。你的選擇根據什麼？根據你的前提，就是你想要說什麼，或證明什麼。如果你想要寫個人歷史，貝絲最愛的食譜也許可以納入；如果你要寫的是政治分析，就不能納入這項。如果你寫的是他的政治生涯，杜魯門主義之功過評議可以放進去，但是要寫他個人生活的話就不能放這段。選材——包含什麼、丟棄什麼——是由你的前提來決定。

小說作者在選材上同樣取決於前提。比方你要寫一個故事，證明「愛情導致寂寞」。

你的主角是亨利。他是燈塔守望員，單獨住在舊金山海岸二十浬外，太平洋中，法拉隆群島的岩礁上。他喜愛寧靜，養了金魚為伴，常常散步，從島的這端走到那端。

他休了兩週的假，去北加州遊覽，觀賞紅木森林。在那裡他遇見茱莉，你的女主角，兩人陷入熱戀。他們旋風般結了婚，回到亨利的小島上定居。

亨利一直很滿意他的生活，現在他覺得自己再幸福不過了。茱莉喜愛這座島，種了些花，整修好他們居住的小屋，下午與亨利一起散步，幫著他擦拭燈塔探照燈的鏡面。

接著亨利收到壞消息：他的老母親病重。他飛到佛羅里達州去陪她，留下茱莉看管燈塔。老母親過世，他多待了幾天辦理喪事，然後回到小島。總共離開了兩週。亨利度過喪母之痛，重新與茱莉過著幸福生活。

十一月了，霧氣迷濛，海浪洶湧，天天都下雨。茱莉開始坐立難安，厭惡島上的生活。冰雹打壞了她的花園，她覺得小屋太冷，想要住到溫暖多陽光的地方去。她懇求再懇求，亨利終於讓步。他們搬到亞利桑那州。

亨利在那裡找到公車駕駛的工作，可是他很討厭這工作。他覺得亞利桑那太乾、太熱，陽光太多。雖然他們住的只是一個小鎮，他還是覺得太擁擠。他很想回到遺世獨立的法拉隆島。他打電話給以前的上司，得知他可以回到原來的工作崗位。

現在輪到亨利懇求再懇求了。他思念老燈塔的輕微嗡嗡聲，思念海的氣味、波浪的拍擊。她願不願意再試試看？他會為小屋加強防寒，幫她買錄放影機，養一隻貓來陪伴她。

她看出他是真的受不了現況，同意回島上去。

可是一回到島上，她馬上發現自己待不了多久。她比以前還討厭這地方。她趁夜偷開小船離去，留下字條告訴他別想找她。

亨利沒有去找她。他知道自己離不開這島，而她始終無法對這島產生像他這樣的感情。

他留在島上，然而以往他喜歡的孤獨，現在變成窒人的寂寞。前提得到了證明：「愛情導致寂寞」。

也許你覺得這個故事寫得挺好，證明了前提。但這還不夠，證明的方式得緊湊才行。

亞里斯多德這麼說：

故事是模擬實情，它得要用幾個緊密連結的事件來呈現一則完整的故事，要緊密到其中任何一個事件如果調換位置或是抽離，整個故事就不連貫、不銜接。若是調換或抽離某一事件卻不會影響全貌，這事件就與整個故事不相干。

換言之，如果故事中的某一部分對於證明前提沒有幫助，就該將它刪除。在前述的故事中，亨利去佛羅里達那一段不影響故事的進展與糾葛，前提「愛情導致寂寞」得到證明，與亨利去不去佛州毫不相干。亨利和他瀕死的母親之間那一幕也許是故事中最動人的一幕，充滿傷痛與哀愁，但既然無助於證明前提，只得割捨，沒有什麼好說的。

埃格里說，前提是「暴君」。作者一旦擬定前提，每一幕、每一行對話、每一段描述、每一個句子、每一個字，都應該幫助證明前提。有沒有例外？寫作劇情小說的規則其實不是定規，而是原則。作者可以違反原則，只要他躲得過讀者的審查。梅維爾在《白鯨記》（Moby-Dick）中，寫了好長一段捕鯨的方法，可是讀者很愛看，所以行得通。你如果想要照做，成敗自己承擔。每一千個行險的作者中，大概只有一個僥倖成功。

本章的前提是什麼？「每一個戲劇性故事都有一個前提，唯一的前提」。

前提就是「人物經歷衝突導致結果」

聽起來不可思議，可是有些理論家竟然不相信前提的重要性。其中之一是麥高文（Kenneth MacGowan），他在一九五一年的《劇本寫作入門》（A Primer of Playwriting）一書中，詳盡解說埃格里的前提論，但接著說：「我認為這（找出前提）只是庸才俗筆一點無害的小小練習……它只不過是說，好的戲劇會包含一個寓意教訓。」麥高文如此論斷，原因在於很多作者的小說賣得車載斗量，卻從沒聽過前提是什麼。他們憑直覺寫作，有的直覺還挺靈敏的。

芝英・歐文（Jean Z. Owen）在一九七四年出版的著作《專業小說寫作》（Professional Fiction Writing）中，講述了自己早年憑直覺寫作的經驗。她說，因為一心想要寫作，「只要有人談起如何創造人物、對話或觀點等，就會洗耳恭聽；人家若談到情節的鋪陳，更是在心中頂禮膜拜。」但是對於前提（她稱為主題），她總是「棄置一旁，認為不重要」。

有一天，她跟一位編輯討論正要開始動筆的小說，筆記都做好了，故事的點子很棒，主要人物也各有厚厚的檔案，情節大綱非常詳細。

編輯聽了，問她前提是什麼。她愣在那裡，說她沒想過。編輯便說，那就沒什麼好討論的了。

歐文大驚。回家之後她想了很久，審視每一本她寫過的小說，非常驚訝地領悟到：她沒能賣出版權的小說，大都沒有前提，而賣出去的，都有前提！

「從那時起，」她說：「我靠著寫短篇故事、長篇小說，賺了很多錢，都是拜這段經驗之賜。」

在這以前，歐文何以能寫出有前提的小說卻不自知？很簡單，她很有天分，感覺得出怎樣會是好故事。她靠的是直覺，安排人物彼此衝突，通常發展到後來，達到一個感覺很對的結局，證明直覺果然是對的。

如歐文所言，作家往往很想拒絕尋找前提。新手作家常問：「既然不知道前提也能寫出很好的故事，又何必非要尋找前提不可呢？」有的人甚至覺得，找前提不僅麻煩，還可能妨礙寫作。有一位友人就曾對我說：「要是作者可以把故事講得很精采，人物活生生，經歷衝突而成長——以及其他所有好小說該包含的因素——偏偏就是沒有考慮前提，你怎麼說？我斗膽報告（他用教訓的語氣），你千叮萬囑要有前提，可能對他反而有害，因為他的書中沒有明顯的前提，讓他覺得自己大錯特錯，結果亂改一通，把原來好好的故事給改砸了！」

對於這樣的指控，我的答覆是：如果人物經歷衝突達到結局，那麼這本書就有一個好前提，即使作者本人沒意識到前提是什麼。

知道你的前提，只不過確定你的直覺是對的。埃格里說，前提的意思就是「人物經歷衝突導致結果」，只是說得簡潔些罷了。任何一個戲劇性的故事都是「人物經歷衝突導致結果」。

人物、衝突與前提是故事的磚塊、水泥和造型。接下來要有藍圖，也就是步驟表。有了它，講故事就簡單了。

4

說故事的基本原則

故事是什麼？

故事是「一些事件的敘述」。

小紅帽走進森林，遇見大野狼，抄捷徑來到外婆家，又碰見大野狼，說：「啊呀，外婆妳的牙齒真大。」伐木工人來了，劈開狼，救出外婆。一些事件的敘述，是簡單陳述或重述在真實世界或虛構世界發生的事。小紅帽的故事顯然是一些事件的敘述。老人出海去捕大魚，麥可・柯里昂殺光他父親的敵人，間諜雷馬斯越界進入鐵幕，這些都是事件的敘述。每一個故事都是事件的敘述，但是又不僅如此。

來看看以下這段敘述：

> 喬伊跳下床，打包午餐，駕著自己的車去幾條街外，接了女朋友上車，她的名字叫莎麗。車開到海灘，他們在熱烘烘的沙灘上躺了一整天，之後去享用了一頓海鮮大餐。回家的途中還停下來買了冰淇淋。

這也是事件的敘述，但它算是故事嗎？大部分讀者馬上就知道它不是。原因在於這些事件不值得讀。事件必須有趣。喬伊跟他的女朋友去海灘，有啥稀奇？去吃了大餐又怎樣？這段敘述裡的事件沒有意義，因為沒有造成任何後果。光把故事定義為「事件的敘述」，還不夠，得要說是「敘述因果關聯的一串事件」。

這樣就周全了嗎？

如果我向你描述一棵橡膠樹被修剪的痛苦，一艘汽艇沿河上溯剛果所經歷的磨難，沒興趣聽吧？除非橡膠樹和汽艇具備人的性格，才會有趣。《天地一沙鷗》（Jonathan Livingston Seagull）裡的海鷗李文斯頓（Livingston）就具備人的個性，童書《小火車做到了》（The Little Engine That Could）裡面，老是說「我想我能」的小火車也是。他們不僅是一隻鳥和一輛火車，而是外型獨特的人類。

所以故事不能只是因果關聯的一串事件，還得是關係到「人」的因果關聯事件。不是隨便哪個人都可以，必須是值得我們關注的人。凡夫俗子的事沒人要讀，有趣的人、能激發讀者情緒反應的人，才有人要看。

擴充之後，故事的定義變成了「發生在有意思的人物身上，有因果關聯的一串事件之敘述」。

這定義不錯，但是還不完備——沒提到裡面的人物必須在經歷衝突之後改變。如果故事裡的人物雖然經歷諸多悲歡離合，卻未受影響而改變，這就不能成為故事，只不過是一段遇合。所以，完整的定義是：有意思的人物，經歷一連串有因果關聯的事件，產生了改變。這整個過程的敘述，就是故事。

戲劇性故事

通常只有戲劇性故事值得一讀。在戲劇性故事裡，主角一定要奮鬥抗爭。你可以寫一篇故事，講一個人受苦，經歷一連串事件，可是態度消極，沒有去解決問題。這人因為受苦而改變了，這樣的事件敘述也是個故事，但不是戲劇性故事。筆下人物必須奮鬥，你才有戲。主角受苦，讀者可能會同情，但是要讓讀者忘我地投入小說人物的世界，真正認同主角，只有在主角奮鬥掙扎的情況下才可能發生。記得喬伊和莎麗的故事？我們來讓他們陷入困境，看看會怎樣：

那天早上喬伊離家去接莎麗的時候，注意到有一輛箱型車跟在他後面。怎麼會有人要跟蹤他？他覺得奇怪，一定只是自己的想像。

想看下去嗎？當然。神祕的事發生了，我們想知道後來怎樣。也可以這麼寫：

喬伊在海邊一家低檔珠寶店買了半克拉的鑽戒，他打算那天晚上在餐廳裡求婚。雖然他才認識她兩星期，可是對他來說，兩星期夠久了。

想看下去嗎？當然。我們想知道她會不會答應，若答應了，他會怎樣。還可以寫成靈異故事：

幾個月過去了，喬伊都沒去想它。可是他打開抽屜，找出游泳褲時，忽然想起去年在聖誕派對上，那個吉普賽人對他說：「你不久就會葬身水底，年輕人……」

你讓筆下人物陷入的困境叫作「故事懸念」。故事帶著懸念，讓讀者想繼續看下去，找出答案。像是你準備了大餐，先給讀者一點開胃菜。

要從「故事開始之前」說起

關於這些有趣人物的一連串因果相關事件，你要從何處敘述起呢？

通常是從「故事開始之前」說起。

聽起來矛盾？其實不然。審視一個人的一生，你會看到其中有高點也有低點，有好時光也有壞時光。你會選擇這一生裡一個特別的故事來講，比方說你的主角剛被龐博集團辭退了，打算自己做生意。你選擇講這段故事，因為你認為這一段可能最高潮迭起，最新鮮有趣。

從何處開始敘述這一連串事件呢？可能是從他即將被開除的時候講起。開除本身是故事的起點，但是如果不知道主角在那之前的處境，我們無法了解失業對他造成的衝擊。被裁員對他是好是壞？如果這份工作很糟糕，主角應該另謀他就，那麼被開除是求之不得；如果他迫切需要這份工作，失業會令他陷於絕境，那就完全是另一回事了。要看主角在事發當時的處境，才能看出事件的意義。所以有必要先讓讀者了解既有處境。

開除之前發生的事件都屬於既有處境的範圍，主要衝突（他努力開創自己的事業）則起始於開除那一刻。

◆《教父》裡，麥可．柯里昂是戰爭英雄，自認很愛國、很守法。故事開始時，他瞧不起父親的非法生意。在關鍵人物（迫使人採取行動的人物）索洛佐（Sollozzo）誘導柯里昂家族介入毒品買賣時，麥可所處的狀況如上。索洛佐的提案是《教父》裡觸發核心衝突的事件。

◆《飛越杜鵑窩》裡，敘述開始於馬克莫非進入精神病院以前（既有處境）。幾頁以後，故事才展開。

◆《小氣財神》一開始，精靈還沒有出現，史古基先後跟他的店員、外甥和兩位募捐的紳士發生衝突。這些衝突發生在既有處境之內，核心衝突是精靈來訪之後才發生。

◆《冷戰諜魂》起始於雷馬斯的上一件任務結尾（既有處境），我們看見他游刃有餘的專業模樣。接著他奉命接下新任務——假裝投誠，進入鐵幕。

◆海明威把《老人與海》的開頭安排在老人要出海捕大魚的第一天晚上（既有處境），第二天駕船出海去捕魚，核心衝突就開始了。

◆福樓拜寫《包法利夫人》，起筆先寫查理·包法利還跟第一任妻子在一起的時候，女主角艾瑪後來才出現。

◆在《蘿莉塔》中，納博科夫先敘述亨伯特的人生（既有處境），後來才介紹蘿莉塔出場。所以我們還沒認識她之前，早已清楚明白他是多麼需要她。

劇作家會先設定舞台，歌劇總先來個序曲，憲法也有一篇前言。小說作者呢，開場敘明既有處境，讀者於是看到在攸關核心衝突的種種事端展開之前，這個虛構世界究竟是什麼樣貌。

有沒有其他做法？

如果你不想從故事開始之前開始寫，不想先敘述既有處境，你就必須同時介紹主角和他面對的困境，以後再補敘主角的狀況。比方你決定一開始就寫故事真正的開端，主角被革職的那一刻：

喬伊把免職通知單拿在手上，覺得冰涼的寒意直上脊樑。他看著桌子對面的老闆，老闆面無表情地瞪回來，嘴裡叼著冒煙的雪茄頭。

我們不知道喬伊的狀況，不知道老闆開除他是否公平。讀者暫時不去同情他，等情況明朗了再說。讓你的讀者一開頭就不敢同情，這個做法不太聰明，作者應該一開始就極力爭取讀者對主角的同情才對。

另一種作法是在故事開始之後才起筆。

濛濛細雨中，喬伊抱著一盒剛從辦公桌上清出來的雜物，沿著第五大道往南走。他自問，怎麼跟莎拉說我丟了工作？我們才剛買了保時捷跑車。

這麼一來，我們不僅沒能認識失業之前的喬伊，也沒看到可能相當劍拔弩張的場景：被開除的那一刻。當然，那一幕可以用回顧的方式補述，但那樣一來，我們已經知道他失業了，也看到這件事對他的打擊，那個關鍵場景的緊張和懸疑自然消失泰半。

還是從故事開始之前起敘比較好。讀者先認識一下主角，會同情他。你可以在描述既有處境時添油加醬，讓故事的開端更精采。

事件與人物必須互為因果

亞里斯多德在《詩學》中提到，整個戲劇應該是主角通過「一連串可能經過或必然經過的階段，從不幸變成幸福，或從快樂變為悲慘」。經過二十三個世紀以後，埃格里說了同樣的話：故事中人應該「從一端發展到另一端」。懦夫變勇敢，愛人變仇敵，聖者變罪人，這些都是從一端發展到另一端。

在構思小說時，你不僅要布置事件，也需要鋪排人物進展（或如埃格里所稱的「發展」）的各個階段。醞釀一個漸升的衝突，人物得要依階段逐步改變，從一端緩緩向另一端移動。這可以在構思小說時，利用步驟表來布局。

步驟表就是故事中各事件的詳細表列，作者用它來控制故事發展。把它想成藍圖吧，我強烈建議你列表。以下是一個例子，讓你看看步驟表會怎樣描述故事中的「步驟」，亦即事件：

A　史古基，「偷雞摸狗、巧取豪奪、無所不為的老渾球！又硬又尖如頑石」（狄更斯這麼形容），在倫敦開店做生意。那是十九世紀，人民生活很苦。史古基沒有朋友，也不想要有朋友。他的生意合夥人馬利（Marley）死去七年了。這年聖誕夜，史古基的外甥來訪，祝他聖誕快樂。史古基著惱外甥打擾他做生意，罵他：「呸，小騙子！」

B　兩位紳士來為窮人募捐。史古基問他們，貧民習藝所是否仍然開辦，紳士們回答還在開辦，史古基說那好，請滾蛋吧。狄更斯描述這時候的史古基「覺得自己表現頗佳，心情有點浮躁」。

C　接著史古基告訴他的店員巴布（Bob Cratchit），聖誕節他可以不來上班，但是次日必須「七早八早就到」。史古基咕噥著離開，到他常去的「鬱悶」酒館，吃了一頓「鬱悶」晚餐，然後回到他「陰沉的居所」。

這三樁事件都發生在既有處境，只是用以布置舞台，史古基和精靈之間的核心衝突還沒有開始。這是描繪史古基的日常生活，可能他多年來都是這麼過的。換言之，讀者可以先了解現況，之後核心衝突開始了：

D　第一件奇怪的事發生了：史古基回到家，看到馬利的臉映在前門的門環上。他斥之為幻想，進屋上樓。「騙人的！」他說。故事開始了。

E　現在馬利的鬼魂出現了，手銬腳鐐鏗鏘哐啷。「還是騙人的，」史古基說：「我才不相信！」可是鬼魂開口說話了，最後史古基信了它。鬼魂告訴他，會有三個精靈來找他。「我——我不想見它們。」史古基說。

故事到此，發生的事件已經改變了史古基，他已經從貶斥異象為「騙人」進展到感覺害怕。「他們難道不能一起來，我一次把他們應付了事？」他問那鬼魂。史古基的氣燄變低了。

F　馬利的鬼魂消失了。史古基想要說「騙人的」，可是說不出來（進展）。他上床去，睡得很沉。第一章完。（第二章一開始，三個精靈之中的第一個，「過去聖誕之靈」來訪。）

你看得出，步驟表是以簡短的方式列舉事件，並指出人物如何進展，讓作者得以掌握故事發展。前面我們談過怎麼寫關於私家偵探波爾・班寧頓・米契的小說，這裡示範一下它的步驟表可以是怎樣：

A　波爾・班寧頓・米契在他的辦公室裡。自從接手他父親老賈的私家偵探社，事情並不順利。老賈的老客戶多半都不來了，因為他們喜歡以前老賈那樣的強硬作風。剩下幾個沒走的，不是狡猾又賴帳的律師，就是連自己的帳單都付不起的外地偵探。波爾的祕書今天提出辭呈，因為波爾付不出薪水，寫了欠條給她。她走後，他在房間裡踱步，憂思重重，他手上一個案子都沒有。一個男人上門了，假裝是客戶，其實是替法院送傳票的，波爾拖欠房租，被房東告了。

B 波爾垂頭喪氣地回家。他未婚，與母親同住。母親一直勸他放棄這份「沒意思的行當」。她有位朋友開證券行，可以給他一份工作。但是他不想當證券交易員，他非常堅決地向母親表明自己想當偵探。與她對抗又激起了他的鬥志。（到這裡為止都是既有處境。）母親看他態度堅定，讓步了，告訴他有一個熟人在問他們家的偵探社是否還開著。她本來不想幫他介紹這門生意，希望他改行，但既然他不肯改行，她就把那女人的名字告訴他了。這是故事核心衝突的開端。

C 那女人名叫莉蒂亞，她即將犯下殺人罪行。她計畫假裝聘請波爾調查丈夫的外遇對象。（波爾和讀者當然都不知道這只是她的障眼法。）她給波爾兩千元預付款，他於是開開心心地走了。（更多進展）

D 往後五天，波爾跟蹤她的丈夫，沒發現他跟別的女人交往。他覺得不大對勁，擔心莉蒂亞是白給他錢了。

E　波爾向莉蒂亞回報，她要他繼續跟蹤她丈夫。他勉強同意，只因他需要錢。

F　那天晚上，他首次注意到她丈夫行蹤詭祕……

故事如果建構完整，以上事件（A、B、C、D、E等）應該是因果相關，如果A事件沒發生，B事件就不會發生；A和B沒發生，C就不會發生。讀者殷切期盼讀下去，因為他們相信先前看到的事件必有後果。各個事件的因果相關，把故事編織成細密的錦緞。如果讀者覺得故事很「緊湊」，或是書評家說故事「不夠緊湊」，他們指的就是這因果關係。

故事中的事件，也就是衝突，會對人物產生影響。人物怎麼面對衝突，故事就怎麼走。我們再來檢驗另一張步驟表，看看主角隨著故事發展，產生了怎樣的變化：

A　個性軟弱的安迪．席姆斯，一九六八那年剛好十九歲。越戰方殷，他擔心會被徵召入伍，所以拚命用功，在大學裡維持平均七十分以上的成績，以符合緩徵的規定。他主修社會學，因為這科系容易拿高分。這是小說剛開始時的既有處境，舞台已架設好了。

B 安迪的女朋友雪達希望他當工程師。她說念社會系能幹什麼，當工程師才賺得到錢。安迪起初抗拒，但是怕會失去她，終於讓步，改成主修工程。這是故事的開端。

C 學工程對安迪而言非常辛苦，他全力以赴，還是只拿了六十分。他開始喝酒，結果更難專心念書。他愈來愈憂慮。學期末了，他的成績太差，失去緩徵資格，列入徵兵名單。他六神無主，成日哭泣，脾氣變壞，朋友們都不跟他往來了。

D 雪達也拋棄了他，認為他沒出息。安迪心灰意懶，早晨甚至無法起床。

E 他被徵召入伍。報到的時候他精神恍惚，分發過程中他根本不知道身在何處。逃亡去加拿大的意念閃過腦海，但他沒有認真考慮這麼做，當逃兵讓他覺得自己像個叛徒。他愛他的國家，他只是討厭軍隊。故事進展到這裡，安迪正處於個性發展的最低點，滿心憂慮，寂寞又害怕；他覺得自己無能、氣餒。

F

在新兵訓練營，安迪很快發現只要他不抱怨，聽令行事，士官長不會太兇。他還發現自己擅長瞄準，射擊 M-16 步槍命中率很高。生平第一次，他找到自己天生會做的事。以他為首，他那一排贏得了全營射擊比賽冠軍，他的射擊成績是全營第一。而且，雖然體格並不強壯，他的耐力卻超出自己想像，二十哩強行軍總是他跑第一。在軍中吃苦與得獎，讓他建立自尊。他正在發展，找到自己長處。

G

大難臨頭。安迪被選中派駐越南。他原本希望能進文職學校，但由於在新兵訓練營表現突出，決定了他的命運。戰場上需要狙擊手。他滿懷恐懼，去了越南。唯一支撐著他的，是訓練營裡的成就所帶來的自豪——安迪的性格發展經歷考驗，得到證明。

H

安迪被派到一支叢林搜索偵查隊。他又怕又愁，食不下嚥，彷彿回到以前的憂鬱低潮期，但是這回他不會垮，他有能力熬過去。在偵巡隊裡，他的狙擊技巧派上用場。他的小組遭到機槍掃射，受困了四小時。隊友認為唯一的突圍機會就是強攻，雖然會傷亡慘重，但是只要把對方的機槍打壞，至少有一些隊友可以活命。

I

安迪認為此計不可行。他違反命令，偷偷溜進叢林，攀上峭壁。天破曉時，他已占據有利位置，居高臨下，對準機槍手射擊，敵人轉過頭來全力對付安迪，隊友趁機逃走。敵人發現安迪不好對付，他們往峭壁攀爬，安迪把他們一個一個撂倒。敵人覺得不值得為了一個小兵付出如此慘重代價，就撤退了。安迪成了英雄，獲頒銀星勳章。在個性發展上，他處於最高點，自豪、樂觀，對自己與前途充滿信心。

J

回到家鄉，雪達想跟他再續舊情，但安迪已非吳下阿蒙，不吃她那一套了。他搬去加州，打算再進大學，繼續念社會學，當社會學家。他已經克服恐懼，獨立自主了。他從一端（害怕、極度悲觀）發展到另一端（自信、樂觀）。

步驟表的使用方法

步驟表怎麼寫，沒有固定規則。有些作者放進很多細節，有些則寫得很粗略，因人而異。製表的目的是把事件按因果關係排列，人物的成長與發展也就能清楚列出了。

寫到後來，能不能再回頭更改步驟表呢？比方初稿已經寫了四分之三，還能回來改步驟表嗎？要是寫到搜尋隊被圍困那一幕，你認為安迪如果受傷會更好，怎麼辦？沒問題。但是受了傷，會影響後面故事的發展，後續的步驟也得跟著改。受傷會不會影響他獲得銀星勳章？如果他毀了容，瘸了腿，他的信心和自豪還能存在嗎？做任何改變之前，要先想清楚後果。如果你仍然覺得修改比較好，那你就改。步驟表是指南，不是脫不掉的緊身束衣。

故事中的事件或步驟以及各種牽連，不會自己迸發出來，而是由發生在前的因素自然引導出來。這是故事寫作的邏輯，依照此邏輯而行，你的故事便如活體，一念動而全身隨。

5

將情節推至高潮

故事是問號，高潮則是驚嘆號

- 把高潮想成標靶，故事的其他部分是箭在空中的飛行過程。
- 把高潮當作彼岸，你正搭建橋樑，通往那邊。
- 把高潮視為橄欖球賽的得分線，你要帶球過線，觸地得分。
- 把高潮比喻為重量級拳擊賽中，把對方打倒在地的關鍵一拳。

或者也可以這麼想：

- 故事是問號，高潮是驚嘆號！
- 故事是緊張狀態，高潮是終於鬆了一口氣。
- 故事是對決，是拔槍，是扣下扳機；高潮是子彈命中兩眉之間。
- 高潮是終點，起跑的目的。

經過諸般糾結事件，故事的緊張升高，直到核心衝突解決。人物在其間經歷考驗，受到推擠和懲罰，不得不逐步發展改變。當緊張上升到最高潮，眾流匯集，人物受到的壓力大到瀕臨「潰堤點」，潰堤的那一刻就是高潮，核心衝突必須在此刻解決。可是，怎麼解決呢？

以埃格里所稱的「革命」來解決。

希臘人另有說法，稱為突變（Peripety）。亞里斯多德在《詩學》中這麼解釋：

在戲劇中，突變是指事情從一種狀況轉變到相對的狀況，卻也是一連串事件發展的應然或必然後果……。突變，加上事態的明朗，會讓人感到憐憫或害怕——悲劇就應該呈現這樣的性質；也就導致歡喜或悲慘的結局。

在《情節的基本型式》（The Basic Patterns of Plot）中，佛斯特哈里斯這麼說：

（小說）寫作就是要說明：你所能提出的任何困難或問題，答案都是以翻天覆地的奇妙方式浮現。

在高潮點，懦夫有了勇氣，若即若離的情人答應結婚，被踩在腳下的人贏得勝利，本來風光的人落敗了，聖潔的人犯下罪行，作惡的人獲得救贖。這就是「革命」的意思。這是大反轉，天翻地覆。

- 《小氣財神》中，高潮是未來聖誕之靈讓史古基看到他自己空虛無依的死亡。史古基大受驚嚇，懇求讓他悔改。他醒來後，發現已經是聖誕節的早晨，他與鬼魂精靈邂逅之後，又回到人群之中。看過自己的死亡，現在返回陽世。高潮的確是一場革命。
- 《教父》中，柯里昂家族似乎已經失去一切權力地位，就要離開紐約，惶惶如喪家之犬。接著麥可挾狂怒反擊敵人，在一天之內全面復仇，勢如破竹。家族的聲望與地位恢復了。這絕對是革命。
- 《冷戰諜魂》中，雷馬斯在高潮點看來可以脫身回家了。只要攀越圍牆，他就出了東德，但是上級的背叛令他失去生存的意志，他寧可死亡。又是一場天翻地覆的反轉。
- 當護理長強迫馬克莫非動了前腦葉白質切除手術後，她看來已經獲勝。在

《飛越杜鵑窩》裡，她似乎打了一場又一場的勝仗。但是克西為證明人的精神打不垮，而讓其他的病人勇氣勃發，其中一人——酋長——找到靈魂的力量，衝出杜鵑窩。在高潮點，產生相當令人滿意的革命。

◆在《蘿莉塔》的高潮點，蘿莉塔離開了亨伯特。雖然她的離去在前面已經強烈暗示，仍然是故事中革命性的發展。接下來，亨伯特很快就陷入瘋狂，充滿愛的人轉變成充滿恨的人。

◆在《老人與海》的開頭，老人顯然老朽無用了，因為他已經八十四天捕不到魚，成為眾人的笑柄。可是當他把大魚拖上岸，一切都改變了。這也是革命。

◆《包法利夫人》中，艾瑪的自殺高潮絕對是革命。想要「快活過日子」的女人最終擁抱了死亡。

故事就是掙扎奮鬥。你在主角即將面臨困境，即將遭到攻擊之際展開敘述，主角與困境搏鬥，困境惡化成危機，危機升高到非得解決不可。主角採取了某種行動，導致高潮。結果可能好，可能不好，但危機解除了。不管是善了或惡了，整個情勢改變，革命發生了。

光有高潮不夠，前提必須得證

故事的結尾，有時候稱為「高潮」，有時候稱為「解決」，其實兩者通常無法區分。高潮可以想成一個點，一瞬間，讀者意會到核心衝突已經解決的那一剎那。這一剎那可能是酷斯拉被殺死，女主角答應求婚，比賽得分，戰爭得勝，壞人死掉。高潮點的片刻，核心衝突消失了，可是並沒有證明前提。前提得要由高潮／解決合併來證明。

假設你決定寫一個故事，證明「不顧一切的野心帶來榮耀與名望」。埃格里說過，好的前提應該暗示三件事：人物、衝突與結局，這個前提就是這樣。不顧一切的野心，當然是人物也就是主角的性格特色。你給這主角取名馬丁．克倫蕭。既然他一心爭名求利，就要有個名利在望的場域，例如政壇，馬丁要競選參議員。假如他的個性六親不認，他會無所不用其極，只求選上參議員。他會說謊嗎？當然會。會作弊嗎？還用說。會殺人嗎？嗯，也許不至於。

你這篇小說的標靶，也就是高潮，會在馬丁當上或沒當上參議員的那一刻來到。既然你的前提是「不顧一切的野心帶來榮耀與名望」，從一開始你就知道他一定會當上。在過程中，他會做票、賄賂特殊利益團體、抹黑對手、刺探報紙主筆等。他與家人的關係緊張至破裂邊緣，他的母親可能跟他劃清界線。愈接近投票日，他的壓力愈大。到了投票結束後的晚間，開始計票了。馬丁當選！定案的那一刻，我們看到馬丁沐浴在盛名之下，財富唾手可得。他與家人和對手重修舊好，承諾要當本州有史以來最傑出的參議員。你的前提在高潮（當選那一刻）中，以及之後的解決（和解）中證明了。

不喜歡這個故事？寧可讓不顧一切的野心導致別種結果？災難？死亡？羞辱？可以。我們看看這要怎麼寫。新的前提將是「不顧一切的野心導致死亡」（跟《馬克白》〔Macbeth〕一樣）。

馬丁冷酷無情。他一心想選上參議員。他撒謊、作弊、賄賂，無所不為。他的妻子離他而去，他的母親與他撇清關係，他的兒女叛逆偏激。可是他不為所動，目標絕不動搖。投票日前夜，民意調查顯示選情緊繃。他想到自己可能會輸，無法忍受，瀕臨瘋狂。投票日的早晨，他拿了槍，伏擊對手。那人口袋裡的一枝筆剛好擋住子彈，只受到輕傷。消息傳出，輿論大譁，對手奇蹟般躲過一死，讓選情突變，對手高票當選。馬丁沮喪極了，喝得爛醉，向人吐露自己行兇的實情。人家揭露了他的預謀殺人罪，他不願面對羞辱與徒刑，自殺了。在這個故事裡，我們瞄準的標靶，也就是高潮的片刻，不是選舉結果，而是他的自殺。這才是不顧一切的野心所導致的後果。

高潮過後的緩解式衝突

在高潮之後，核心衝突解決之後發生的衝突，叫作「緩解式衝突」。

在故事中，衝突增大加強，賭注日益升高，風雲緊急，高潮迫在眉睫。這是上升的衝突。然後，砰！高潮發生。在這之後發生的衝突則循相反途徑，暴風雨漸漸遠去，緊張逐漸緩解而非增長。

如果在核心衝突解決之後，又來一個上升的衝突，叫作「反高潮」。儘管這事件在先前就醞釀著，讀者對它不會有興趣，因為讀者這時候注意的是高潮對書中人物產生的影響。

緩解式衝突往往是必須的，用來證明前提，也讓讀者覺得整個故事都說清楚了。舉個例子：

他（史古基）沒走多遠，就看見迎面來了昨天跟他募捐的兩位紳士中比較壯碩的那位。昨天是他開口說：「史古基與馬利合夥公司，沒錯吧？」想想這位老紳士見到他會多麼鄙夷，他的心裡一陣痛楚。但是他知道該來的總是會來，於是挺身面對。

「敬愛的先生，」史古基口中說著，加快腳步，向老紳士伸出雙手：「您好吧？我願您昨天募捐順利。您真好心。祝您聖誕快樂！」

「史古基先生？」

「是的，」史古基回答：「正是在下。恐怕冒犯了您，容我請罪。您能否俯允——」史古基附耳低言。

「老天爺！」那紳士驚呼，彷彿不敢相信。「敬愛的史古基先生，您此言不虛嗎？」

「請您相信，」史古基說：「絕無虛言。老實說，這裡面包含很多筆過去欠繳的。您願不願意幫我這個忙？」

「敬愛的先生，」對方一邊說，一邊握著他的手：「我真不知如何感——」

「請別這麼說，」史古基回答：「來找我，能不能請您來找我？」

「一定來！」老紳士喊道。

請注意，與上升的衝突不同，此處沒有「堅持與抗拒」。緩解式衝突可以想成下坡路，結清帳款，長期戰爭關鍵一役之後的收尾工作。

還有次級衝突，像核心衝突一樣需要解決，可以在核心衝突的高潮之前或之後解決。

比方，核心衝突可能是喬伊拚命找工作，重大的次級衝突可能是他與妻子的關係，妻子在故事過程中離他而去。這個衝突可能不會在高潮之前，也就是喬伊接受新工作之前解決，但是喬伊絕對需要解決與妻子的關係。解決的方式也許是兩人確定分居，也許是破鏡重圓，也許你僅僅暗示未來多半會和好，例如她答應與他共進晚餐。這類進展顯示衝突可能往哪個方向解決，對讀者而言或許就夠了。如果你把每件事都交代得太清楚，讀者反而懷疑作者過於操弄。

有的故事根本沒有緩解式衝突，所有的問題都在高潮點解決了。《冷戰諜魂》就是這麼收尾：

> 他們似乎猶豫著，沒有再射；有人大聲發出號令，還是沒人開槍。終於，他們向他射擊，開了兩三槍。他站在那裡，四下瞪視，像鬥牛場上一隻瞎了眼的大公牛。倒下的時候，雷馬斯看見一輛小車在大卡車之間衝撞，兒童透過車窗，歡喜地向外揮手。

每個人物都有不同的前提

故事中每個主要角色都有他的命運，因此，每個角色都有他的前提。如果你的故事要證明「漫天撒謊導致毀滅」，其中一個角色必是大說謊家，但不表示所有人物都說謊，而是僅指出某個謊話帶來毀滅。

在《教父》中，麥可．柯里昂的執著是對家人的愛。因為愛，他成為黑社會頭子，掌控家族的非法行當──雖然在故事開始時他很反對家族從事非法行業，認為不道德。他的個人前提是「對家人的愛導致犯罪人生」。麥可的哥哥名叫桑尼（Sonny），桑尼也愛家人，但他的個人前提不同於麥可。他的獸性很強，好逞血氣之勇。桑尼的妹妹挨了丈夫毆打，他衝去幫忙，明知敵人正在找他，這很可能是一個陷阱。最後他被槍殺了。他的前提是「血氣之勇導致死亡」。

在《飛越杜鵑窩》裡，高潮發生在馬克莫非被動了腦部手術，他的前提是「挑戰絕對權威導致死亡」。但是這故事還有別的內容。酋長因為馬克莫非給他上了幾堂課，現在頭腦恢復清明，打破玻璃逃走了。他的前提是「接受（馬克莫非的男子漢定義）導致自由」。逃亡過程中他得到其他病人的幫助，證明「人的精神不會被擊垮」，這是小說的前提。護理長，那個暴君，最後招來反叛。她的前提是「暴政引來叛亂」。

包法利夫人的丈夫查理深愛他的妻子，卻被她逼得走投無路。「愛情導致絕望」是他的前提。

史古基的職員巴布，他的前提是什麼呢？史古基那麼苛刻，巴布還是守著不走，結果事情好轉了。他的前提是「忠誠導致幸福」。

人是會動的，並非靜止。他們會變、會發展——本來寂寞的人可能找到所愛，灰心喪志的人建立了希望，快樂無比的人忽然夢幻破滅等等。別把人物想得一成不變，要寫出強勁有力、扣人心弦的小說，各個角色必須經歷衝突然後改變。每個角色的前提就描述了這改變。

製造強大高潮的五個方法

笑話的笑點在最後一句，小說的重點是高潮／解決。笑話講得再詳盡，再精采，再動人，若沒有最後一拳到位的笑點，也是枉然。要引致張力十足的高潮／解決，不能光證明前提，還有其他的因素要考慮。

第一招：製造驚奇。

一本書快讀完了，讀者感覺所有線索都在收攏，他知道沒剩幾頁了。主角陷入泥淖，已經淹沒至頸，看來只有奇蹟救得了他。讀者確定這人完蛋了，沒想到，主角用皮帶鉤住一根樹枝，湧出自己也料想不到的氣力和決心，爬了出來。

柯里昂家族處於絕境。老教父死了，其他的黑手黨家族合力擠兌這家人。沒想到，麥可這位新的大家長，在一天之內橫掃千軍，把敵人掃蕩一空。

史古基有機會看到了自己的墓碑，看到了自己的死亡。他似乎必死無疑。沒想到，精靈給他看的不是必然會發生，而是可能會發生的狀況。他醒過來，是聖誕節早晨——他得救了！

馬克莫非被動了腦葉手術，杜鵑窩裡的反叛看起來就此結束。沒想到，酋長破窗而逃。

雷馬斯可以回家了，事情都了結了。他只要攀過牆，跳下去就行。沒想到，他選擇死亡。

第二招：激發強烈情緒。

看小說，主要是一種情緒經驗。在美國大學英文課第二講，一八〇〇至一八六五年的美國小說課堂上，你的教授會教你挖掘隱藏的象徵手法和歷史典故，尋找模糊的文學暗喻，篩檢精妙的哲學意涵，看穿意在言外的社會指涉，解析細微的存在主義流派。這一套胡言夢囈害許多有意寫作的人束手，也讓許多原本喜歡閱讀的人止步。閱讀小說的主要目的是在情緒層次上體驗箇中人物的人生，與他們同笑、同哭、同受苦。身為小說家，你的主要目的是觸動讀者的情緒。

一個戲劇性的故事，累積情緒，集中推進到最高點，成為高潮，技巧高妙的小說家會在此處將讀者一擊倒地，完全征服。當馬克莫非被動了腦葉手術，讀者感到震驚。當老人抓住大魚，讀者起立歡呼。當雷馬斯選擇死亡，讀者瞠目結舌。當史古基發現他並沒有死在聖誕節前，欣喜莫名，讀者也跟著他笑開懷。當麥可・柯里昂痛擊敵手，讀者為他吶喊加油。當艾瑪・包法利服下毒藥，或當亨伯特在絕望中死去，哪個讀者不一掬同情之淚？

第三招：要天理昭彰，報應不爽。

什麼是正義？正義是善有善報惡有惡報，無辜者雪冤、有罪者受罰。「詩學正義」（poetic justice）是天理昭彰，報應不爽，可是要「如詩」，正義必須以隱藏的方式伸張。如果是由警方來伸張正義，就無詩意可言。一個男人把他終生未嫁的老姑母用澡盆淹死了，拿保險金買了一艘船，結果船沉了，他淹死，這是詩學正義，因為主持公道者（命運？意外？宇宙主宰？）並未露面，而懲罰（淹死）

恰合他的罪行（淹死別人）。

假如有一個野心勃勃的人，渴望財富、權力和名望，夢想著有一天他和老婆坐在金山銀山上，傲視人間。可是野心令他的心腸僵硬，等他一路踩死無數競爭對手，終於爬上頂峰時，他的老婆跟他分手，另找了一個比較和善的男人。他達成目標了，但這成就是空虛的。這也是詩學正義。

如果你無法為受冤者完全昭雪，無法給善良人充分回報，你要讓他們至少分到一杯羹。讀者亟盼見到正義伸張。比方你寫一個受壓迫的故事，主角是紡織工人，在一家壓榨勞工血汗的工廠做工。他想要組織工會，結果工會被迫解散，主角失敗了。在詩學正義的法庭，壞人得逞。但是如果主角在過程中鍛鍊出膽氣，建立了自尊，並且贏得一個好女人的愛情，他就贏得了更有價值的東西；而在其他的紡織工廠也許工會得勝，主角在人生會有其他的戰爭要打、要獲勝。一個人物就算死了，仍可能有所得。哈姆雷特報了仇，馬克莫非激勵了酋長。

第四招：顯露人物的別種面相。

如果在高潮點，人物露出了不同的面向，會更好。啊，讀者會說，原來謹慎的喬伊畢竟有膽子，好小子！女主角終於醒悟，認清愛人是個騙子。好人終於逃出監獄。讓讀者看到最後大聲叫好，你大概就寫成了真正佳妙的高潮。

第五招：高潮／解決應該讓小說完滿。

寫小說的時候，你在讀者腦海製造了疑問，其中有些跟主角的主要問題相關，比方主角有酗酒問題，在高潮時，主角決定參加戒酒互助團體，或是自殺了。兩種方式都解決了核心衝突，但是可能有別的次要疑問，讀者不能釋懷。比方說，主角的女兒還會對父親懷恨嗎？他的妻子有沒有回心轉意？他戒了酒，能恢復原職嗎？當然，只有在通俗肥皂劇裡，所有這些問題都能得到圓滿的解答。但即使在優秀的戲劇裡，有些問題還是應該說清楚講明白，其餘則至少應該回答一部分。好的高潮會讓讀者覺得故事已經講完。

- 史古基已經脫胎換骨，再也不是個守財奴了。
- 柯里昂家族奪回了權力。
- 馬克莫非死了，但是酋長找回靈魂，再也不會失去。
- 老人重新獲得尊敬。
- 雷馬斯死了。

◆亨伯特死了。

◆艾瑪・包法利死了。

這一章也結束了。

6

選擇說故事的觀點，善用認同、回顧、伏筆、象徵等技巧

什麼是觀點?

作者描繪人物，寫下：「馬文討厭三樣東西：放太久的甜甜圈，他太太做的鮮肉餅，以及共和黨員。」他是在透露主角的「觀點」。人物的觀點是一個總結，綜合了他對各樣事情的觀感，他的偏見、品味和態度。他的觀點就是他對這世界的看法。觀點是怎麼來的呢？是他獨有的出身背景、身體特質以及精神心理共同塑造出來的。

觀點也可以指敘述的立場，也就是敘述者站在什麼立場講故事——他是目擊一切事件但沒有現身的客觀報導者，是對各角色的所思所感無所不知的上帝，還是故事中的角色之一？

客觀觀點

如果敘述者始終置身事外，像一個記者般記錄故事，他就是採取「客觀觀點」。

敘述者描寫各角色的行為，彷彿他在看一齣戲。舉例來說：

喬伊凌晨三點醒來。他起身，先去藥品櫃，倒了三指高的冒泡玩意兒，等它不冒泡了，捏著鼻子一口氣喝下。然後他整裝，給獵槍填裝子彈，藏在大衣底下，跳進他的裝甲個人載具，開往銀行。

稱為客觀觀點，是因為敘述者在角色之外，「客觀地」看待此人，沒有提到此人「主觀的」狀態。我們完全沒看到此人所思所感，不知道他的計畫。這種寫法，就像敘述者在旁觀看，一邊看一邊記錄所有對話和行動。

什麼時候該採取客觀觀點？這種情況非常少。

你想要為人物營造神祕氣氛的時候，可以採取客觀觀點。間諜小說或偵探小說裡，壞人上場的時候，可能會用這個觀點。使用客觀觀點敘述，我們看到角色的行動，但不知道他們到底是誰。在這種情況下，讀者願意看來路不明的人東窺西探，因為這是此類小說的樂趣之一。

讀者通常會對客觀觀點的敘述感到不耐煩，因為他們想要與書中人物親近，而這種敘述法最疏離。因此大部分作者避免採用此法，但是當然有著名的例外。漢密特的《馬爾他之鷹》就是用客觀觀點敘述，公認為大師傑作。不過，這很難做到，漢密特在小說中想盡方法，透過手勢、姿態與表情，讓讀者覺得與角色親近。

修正過的客觀觀點

增加親密感的一個方法是採取「修正過的客觀觀點」。敘述者沒說他能看穿，但是他忖度其人的內心。有時也會猜錯，所以是「不可靠的敘述者」。換言之，在修正過的客觀觀點之下，敘述者忠實描述發生的一切，看到別人都能看出的狀況，做出讀者也會做的結論。只要作者不欺瞞讀者，這是可行的。但是如果這位不可靠的敘述者說謊，或是隱藏部分事實不透露，大多數讀者就不能接受。

以下是一個例子，不可靠的敘述者用修正過的客觀觀點，忠實報導：

菲比一早醒來就怒氣沖沖。她昨天晚上睡得斷斷續續的，也許是做了跟查理有關的噩夢吧，不然就是感冒了，誰曉得呢？後來才發現，那天她開著老爺雪佛蘭小貨車進城，買了一把二手的點三八口徑柯爾特單發手槍，加上一盒子彈，總共花了十八塊錢。店員說，她的眼神很怪，充滿恨意。當她驅車前往老塔克旅館時，腦袋裡真不知道存著什麼念頭。也許是她丈夫與別個女人同床共枕的畫面像閃電一樣掠過腦海？她一定想：我要把那賤女人殺了！然後，她在冷酷盲目的怒氣中破門而入，拿槍指著那兩人，一次又一次扣下扳機……

觀點雖然是客觀的，讀者卻感覺跟人物親近，因為敘述者製造了主觀敘述的幻覺。敘述者並未聲稱知道主角內心起伏，只是猜測而已。觀點是客觀的，因為敘述者是從外面觀看主角，並未對主觀狀態做實質的描述。

另一個常用的敘述觀點是完全主觀，指的是敘述者得以進入至少一個人物的內心，了解其心態與情緒。

第一人稱主觀觀點

第一人稱的敘述者總是從「主觀觀點」寫作，敘述者本身就是角色之一，因此能進入這角色的內心。他也許是主角，也許是反角，或是其他任何角色。在《飛越杜鵑窩》裡，敘述者是小角色酋長。在《蘿莉塔》裡，敘述者是反角亨伯特。

第一人稱的敘述有很多好處，初學小說者尤其喜歡。初學者覺得用第一人稱寫作比較順手，就像是寫信給別人一樣。又因為第一人稱敘述的故事聽起來像是目擊者的證詞，似乎比第三人稱的寫法更可信。

大多數初學者採用第一人稱。既然它比較可信，作者又覺得比較順手，有何不好？

不好之處在於，以單一觀點做冗長的描述，需要很高的技巧。敘述者到不了的地方你就不能寫，敘述者沒看到的事情你也不能告訴讀者，除非你解釋一大堆理由。

比方說你採取第一人稱敘述法，從浪蕩女的母親角度敘事。敘述者的女兒在十四歲時就被色狼勾搭上了。這一幕很重要，你想要說給讀者聽，但是這母親當時不在場，她怎麼知道發生了什麼事？也許女兒後來告訴了她。要是母女倆不和怎麼辦？你如何讓讀者相信女兒會跟她媽說什麼？

第一人稱敘述者還有一項不便：其他人物的感覺只能從他們的外表、言語和行動來顯示。對於沒有經驗的作者而言，很有難度。

用第一人稱語氣寫長篇敘述，也很難不讓讀者厭倦。每個句子都用「我」來開頭，描述感覺時會像是在抱怨，描繪行動時則像自吹自擂。

沙林傑（J. D. Salinger）在《麥田捕手》（The Catcher in the Rye）中採用此法，舉重若輕。錢德勒（Raymond Chandler）所寫的馬婁故事集也用此法，也同樣看起來很容易。很多新手小說處女作寫不成，都是沙林傑和錢德勒害的。

全知觀點

如果敘述者透露所有人物腦袋裡在想什麼，這就是「全知觀點」的故事。這當然是所有觀點中最主觀的一種。全知觀點在維多利亞時代的小說中極為盛行，那個時代的小說家關切的主題是社會，他們認為，要全面清楚描繪社會現象，最好就是把每個人物的思緒和動機都予以觀照。那個時代的小說家會在一個場景中透視每一個角色的內心，情況如下：

亨利清晨兩點抵達，疲倦且凍僵了（這是亨利的內在狀況，他的觀點）。凱瑟琳在門口迎接他，心想他那樣子像一隻溺水的大老鼠（這是凱瑟琳的觀點）。她馬上帶他去圖書室，老祖父在那裡等他，在大吊燈底下來回踱步。老祖父從中午就開始在那裡踱步了，肚子咕咕叫，衰弱的心智正波瀾起伏（祖父的內在狀況，他的觀點）。

這種寫法很有意思，為讀者描繪了社會樣貌，鮮明立體。但是，由於不斷挪動觀點，讀者停留在每一個人物觀點的時間都不夠久，無法跟任何一個角色建立認同關係，因此讀者與這些角色都沒有親密感。這是為什麼今天很少有小說採用全知觀點。

有限度的全知觀點

現代版的全知觀點是「有限度的全知觀點」，這實在是極好用的技巧。作者表明有辦法進入某幾個角色的腦袋，但其他的角色進不去。選定的人物通常是主角和另外兩、三人，稱為「觀點人物」。當敘述者盤據在某個人物腦袋中時，讀者彷彿在過這個人物的生活。與全知觀點寫法不同，在有限度的全知觀點下，讀者不需要經常轉換觀點，卻有機會與不只一個人物產生親密感。

前面舉的維多利亞場景，如果改用有限度的全知觀點來寫，情況如下：

> 凱瑟琳打開門，嚇了一跳。亨利站在那裡，溼淋淋，慘兮兮，滿臉倦容，很顯然凍僵了。她馬上帶他去圖書室，她的老祖父在那裡，彎腰駝背，在大吊燈底下踱著步。她知道，從中午起他就在那裡了。她猜想，他那衰弱的心智一定波瀾起伏（全部是凱瑟琳的觀點）。

有限度的全知觀點，比較嚴格的型式是單一觀點。第一人稱敘述法的缺點它差不多都有，只不過在單一觀點下，敘述者可以講述在此人物觀點以外所發生的事。

選擇一種觀點：故事由誰來說最好？

當你坐下來開始寫小說，將一張紙塞進打字機或打開電腦，接著取出筆記、已寫好的人物傳記及步驟表，把前提大大地用螢光筆寫在牆上，你認為萬事俱備了。

可是你發現一個字也寫不出來，因為不知道該使用哪種觀點。知道有哪些選項——第一人稱、全知、有限度的全知、客觀——並不表示容易選擇。何時應該採用第一人稱敘述，何時不該？如果第一人稱敘述合適，讓主角來擔負敘述之責怎麼樣？還是應該用全知敘述？有些作者結合不只一種觀點，例如客觀與主觀皆有，或是第一人稱與第三人稱並存。你的小說可以這麼做嗎？

很多新手小說家認為，經常挪動觀點是創意的表現。他們自詡作品是實驗性的，甚至是前衛的。他們不是用觀點來為故事增色，而是讓讀者注意到他們的技巧——在他們的想像中，這是在展現他們的天才。這種無聊之舉就算不是愚蠢，也夠虛榮自大了。

想要選擇恰當的觀點，不要問自己「採取什麼觀點較好」，而要問「這故事由誰來講最好」。你選擇的觀點是由敘述聲調（narrative voice）來表達，而在故事裡重要的是敘述聲調而不是觀點。敘述聲調怎麼選，要看小說會歸於哪一類型。

我們先來定義「敘述聲調」。小說人物有他的「聲調」，這是他說話的特殊方式。（「見鬼啦，偉伯，沒事給俺這塊表做啥子！」）敘述者說話的特殊方式，就叫作敘述聲調。作者可以用他自己的自然聲調，也可以借用別人的腔調。如果作者不是使用自己的聲調，敘述聲調就會是某個「角色」的聲調，這個角色是作者創造來講述這個故事的人。

在十八世紀和十九世紀初，小說都是以作者的自然聲調敘述。假如某爵士要寫一本小說，他會以第一人稱寫，裡面充斥自己的意見。他會議論筆下人物，彷彿這些都是他的熟人：

雷金這人粗粗壯壯，很有禮貌，我認為他心腸是好的。他以悲憫的態度面對人生，對他太太真的很好，打她時下手不會太重，除非她犯了嚴重過錯，例如對丈夫提高嗓門。有一天晚上，沒有外人在，雷金想看看太太沒穿衣服是什麼模樣。他們結婚二十二年了，他卻從來沒能得見這景觀，只有在結婚第一年，有一天晚上地震，太太的更衣隔板倒下來，他於是意外瞥見她的胸部，但只是極短的一瞬間而已……

以上這個例子的聲音是略帶嘲諷語氣，友善、閒聊的聲調，有一種迷人的風味。不過，這種敘述者已經像恐龍一樣消失了。

大約在二十世紀初，藝術界逐漸瀰漫懷疑主義（skepticism），大家注意到當人物獨處的時候，作者不可能知道他們都做了什麼。回應這樣的批評，全知敘述者從此「隱身不見」，作者不再用閒聊方式談論筆下人物。如果作者說起他對人物的看法或是談論故事的發展，書評家就喊：「作者介入！」從此以後，敘述者只說發生了什麼事，把意見存放自己心中。現在以第三人稱寫的小說，大部分都遵循這個規矩。沒有明文規定作者非這麼做不可，事實上，有很多當代拉丁美洲作家，還有幾個存心打破陳規的美國人，例如馮內果就重拾舊法，做得還不錯。

喜歡發表嘲諷議論、拐彎抹角罵人的作者，大都改採第一人稱敘述，因為敘述者既然是書中人物之一，他愛怎麼說就怎麼說，這是可以接受的。

敘述聲調依類型而定

前面說過，你選擇哪一種敘述聲調，要看你的故事屬於哪一類型。還記得吧，類型就是故事的「類別」：文學、偵探、犯罪、西部、懺情、主流、愛情、科幻、奇幻等等。大部分類別，寫作時最好採用作者隱身幕後、第三人稱、有限度的全知觀點。這是標準做法，讀者期待如此，編輯要求如此。除非你有極好的理由，否則不要偏離常軌。

比方說，如果你要寫的是山村土人的恩怨情仇，也許可以不循常軌，由一個把一切看在眼裡的鄰居來講述比較好。帶有地方色彩的敘述聲調能為故事增添風味，聽起來也更真實，彷彿事情真的發生過。西部故事最好是由一個拓荒者或是主角的夥伴來講；風流醫生俏護士的故事要由這位護士來講；至於科幻小說，就讓火星人來講吧。

敘述者如果隱身而且沒有立場，除非故事講得極好，否則讀者是不會信服的。以下的段落，先是用作者隱身、第三人稱敘述的方式來寫：

> 瑪莉是個賢妻良母——儀容整潔、有條不紊，鮑勃六點鐘回到家，晚餐總是擺好在桌上了。鮑勃則是愛家好男人，不亂來，固定上教堂。他在家喜歡幫忙做家務。瑪莉得閒就做針線，義務幫教堂辦活動，也愛看電視。夫妻倆是獅子會的會員。但是這樁婚姻有一點不對勁：瑪莉覺得無聊。不是說她不愛鮑勃和小孩，只是她的空閒時間太多。所以當她遇見馬宏尼（別號「親愛耶穌」），馬宏尼問她要不要一週三個下午兼差當妓女，她心想：哇，這樣我就能買那件想了很久的大衣了……

你看得出來，這故事用第三人稱來講不太容易取信於人。以下是同一個故事，用第一人稱來說：

嘿，怪事年年有，今年特別多。有個家庭主婦叫瑪莉，長得不差，卻也沒美到哪裡去，嫁了個男人叫鮑勃，以前常跟我一起打保齡球的。話說，有一天瑪莉在城裡賓家餐廳吃中飯，遇到個傢伙油頭粉面，外號「親愛耶穌」，手下幾個女郎在海濱牧場汽車旅館做生意。他看上了瑪莉。不知道看中她哪一點，她實在只是個平凡的家庭主婦。但是反正，他在她那桌坐下，對她說，嘿，想不想賺點外快？瑪莉嚇一跳，差點滑下椅子。那男人又說，沒錯，我不是開玩笑。我猜，就算是黃臉婆，也還是有一些寶貝可以賣錢……

看到了吧，敘述者驚訝的語氣讓這個故事比較可信。他的語氣在說：「噯，我也不敢相信，可是這是真的。」我們相信福爾摩斯能力超卓，原因之一是華生醫士告訴我們如此。

如果你想來想去，還是想不出用哪個觀點講你的故事最好，試試用兩、三個不同觀點來講，然後把這幾個版本都擱置一、兩天，再拿出來冷靜重讀，適當的觀點大概就會跳出來了。

小說家的魔法：認同

我們都喜歡窺人隱私。小說讓我們窺探別人，遠超過其他媒體所能及。看小說的時候，我們參與別人的生活，比看報紙的新聞報導要深入許多。在小說裡，我們與其中人物親密相處。讀者覺得小說比實際人生更真實，因為小說是人生的精華。在虛構的故事裡，讀者經歷其中人物的內心轉折。作者的手法夠高明的話，讀者會認同或代入其中人物，以致在讀小說的時候，真實的世界隱去，讀者完全浸淫在人物的故事世界裡。

小說家是一種魔法師，對讀者施符咒。他使用的魔法叫作「認同」。

那麼，身為作者的你，要怎麼做呢？

首先，故事一展開，你就要攪動讀者的情緒——描寫一個角色陷入情緒波動的狀況。小說中必有人物，人物必有情緒。觸動讀者最好的方法是一開始就寫一個卡在難關的人物，他的困境是讀者會同情的。

◆《蘿莉塔》一開頭，亨伯特正處於愛的漩渦。他愛蘿莉塔愛到心痛。讀者覺得他很慘。

◆雷馬斯正在擔心他手下一個情報員能否逃出東德。讀者馬上陷入他的世界，跟他一起擔心。

◆《教父》開始時，一個小角色正在旁聽襲擊他女兒的兩個男人受審。讀者很容易同情他。

◆《老人與海》開始時，敘述老漁夫很久沒捕到魚，日子很難過。讀者也會可憐他。

◆福樓拜起筆寫《包法利夫人》，描述「可憐的查理」，也就是後來戴上綠帽子的包法利先生。他的故事一開始講他在學校裡受到羞辱，讀者也可憐他。

◆《小氣財神》開頭，狄更斯激起的不是憐憫，而是輕視——對史古基。效果很好，讀者憎惡他。

一旦在開頭的時候攪起情緒，不管是憐憫、輕視或害怕，人物應立即陷入醞釀中的危機。如果你已挑起讀者的情緒，他們會有興趣，但是真正的認同只有在人物面對選擇的時候才會發生，那樣讀者可以參與做決定的過程。如果讀者說：「快呀，哈利，快跑！」或是「不要嫁給那個老粗！」讀者就是代入主角，認同他了。認同的時候，讀者會為主角加油，要他做出正確的決定。

很多人相信，只有在角色「可喜」的情況下才會得到認同。亨伯特一點也不討人喜歡，他愛上一個少女，娶了她母親好接近她。他說謊、做假、謀殺，這些都很不討喜。讀者為何認同他？因為他是人，他的情緒觸動了讀者的情緒。

認同這個符咒，容易施展也容易消除——如果你失去讀者對角色的同情，這符咒就解除了。讀者的同情是怎麼失去的？因為你讓某個人物對別的、讀者更認同的人物做了殘酷的事。你讓人物做愚蠢的抉擇，也會失去讀者的同情——這個人物沒有發揮他的最高智能，例如在恐怖小說中，聽到古怪聲音而拿著蠟燭爬上閣樓。人物看起來太普通，陷入窠臼，或不夠努力奮鬥，都會失去讀者同情。讀者想要為鬥士歡呼，而不想看一個膽小鬼耽溺於自憐。

回顧的藝術

「回顧」是小說寫作中最常被誤用、濫用的手法。

讀者急著知道接下來發生了什麼，這是說故事的人施展魔法的方式。作者讓讀者對角色和情境產生了興趣，人物一頭栽進衝突之中，讀者很快就進入了角色的生活。讀者急著知道眾角色陷入如此亂局，要怎麼收拾了結。

假如你的小說主角山姆，終於勇敢面對自己的海洛英毒癮，進了戒毒所，他的妻子暫時不訴請離婚了。你，身為作者，認為此其時也，可以追述山姆四歲時怎麼跌下鞦韆，因為那樁舊事造成他的不安全感，你認為讀者會很感興趣。於是你寫了一大段回顧。結果呢？讀者一看到回顧，要麼跳過，直接看接下去的發展，要麼把書丟進垃圾桶。四歲的山姆不是我們所關心的山姆，就這麼簡單。大部分的回顧讀者都不能忍受，可是很多新手作者拚命回顧。為什麼？只有天知道。不過有一個可能的答案：故事裡發生在「眼前」的衝突，讓作者自己也很焦慮。

作者和讀者一樣，會認同筆下的角色，可能猶有過之。角色捲入衝突，為作者造成緊張，因為他太認同他們了，因而憂心忡忡。為了減憂，在故事裡「眼前」

的衝突還沒有升高時，有些作者就開始憶往，也不管往昔的衝突對於故事的「現在」有沒有影響，因為那是過去的事。作者用這種方式放鬆。換言之，回顧是笨作者避免面對衝突的方法。

作者們會認為可以這麼做，部分要怪佛洛伊德。佛洛伊德教導全世界，童年期的創傷經驗是成人神經兮兮的原因。打從佛氏推出這套理論，作者們就開始為筆下人物做精神分析。起先，讀者覺得從人物的過去探究他的內心挺有趣，可是精神分析現在已經不新鮮了，透視內心的回顧不再能招來讀者驚嘆。過時啦！說白一點，誰在乎馬文想跟他媽來一腿？我們想知道的是在第四章的結尾，他打算搶劫那家便利超商，結果怎樣了。所以，請繼續講下去吧。

在《專業小說寫作》中，芝英．歐文聲稱：「有些編輯坦率聲明，按照時間順序寫的故事他們才錄用，有回顧的稿子不收。」但是她說，也有編輯「並非完全禁止回顧……大多數人認為這種寫作手法只有在絕對必要的時候才用。」

那麼，你會問，什麼時候回顧才是絕對必要的？

如果你的人物正要進入一種狀況，在這狀況下他會表現得跟前面剛好相反的時候，你就必須憶往。比方說，某個人物一向在女人面前表現得風流倜儻，但那是因為他其實很害羞，而且根本沒辦法跟女人上床。現在這人愛上了一個女人，他的麻煩大了。要讓這個情況感覺可信，唯一的方法是讓讀者知道是怎樣的痛苦經驗導致他的困擾。換言之，昔日的作為必須與目前的故事相關。如果敘述者只是簡單告訴讀者有這麼回事，讀者可能不信，懷疑作者隨意捏造理由，解釋主角的躊躇遲疑。這時候，用回顧的方式透露主角的這一層面，是唯一可信的方法。

在「現在」的故事裡，如果一個人物欠缺同情心，討人厭，而作者想要讓他不這麼討厭，甚至讓他討人喜歡，可能也得要追溯既往。

例如狄更斯就在《小氣財神》裡，藉著「過去聖誕之靈」逼迫史古基審視自己的一生，巧妙使用了回顧技巧。一方面，「現在」故事中的聖誕精靈正與史古基發生愈來愈大的衝突；另一方面，用回顧的場景檢視了史古基性格形成的因素，狄更斯就這樣緊抓住讀者不放。

若沒有回顧，讀者不會明白史古基是怎麼變成一個守財奴的，而故事結尾時，讀者也不會對史古基有那麼大的同情。不用回顧手法，狄更斯辦得到嗎？也許他可以安排史古基在小說裡的「現在」懇求精靈饒命，他可以聲稱幼年遭遇不幸，母親在生產時死去，冷血的父親歸咎於他。但是這樣的懇求聽起來空洞，尤其因為史古基對待其他的人如此粗暴。狄更斯顯然必須將史古基的幼年生活展現給讀者看，讀者才會同情他的寂寞，而最有效的展現方法就是重現情景，就是回顧。

在你使用回顧手法之前，先問自己：可不可能透過小說的「現在」衝突，給予讀者同樣的震撼。如果答案是不能，那麼回顧是必要的。但是記住，適用於「現在」的各種講故事技巧原則，在回顧中同樣不可疏忽，也就是全面立體的人物、上升的衝突、內心衝突等。

伏筆：預告即將產生衝突

伏筆非常重要，埃格里在《戲劇寫作的藝術》中，甚至把這技巧當成衝突的一種，與「停滯型」、「跳躍型」和「緩升型」並列。其實伏筆並非衝突，而是預告會有衝突。舉個伏筆的例子：

喬伊起床，吃了早餐，給槍裝上子彈，出發進城。

這是預先示警，因為讀者會想：「給槍上子彈是要怎樣？」有關故事的一個疑問就提出了。預示就是提問題的藝術，如果故事裡的疑問無關緊要，讀著的興趣就不大；問題很大，讀者就會注意。你可以很技巧地藏一個暗示進去，自然得跟呼吸一樣。請看下面的例子：

蘇西第一天上學，看見艾迪，那天晚上就在日記裡寫：「他如果不帶我去舞會，我就要從水塔上跳下去。」

再舉一個例子：

喬伊跟鄰居阿莫為了除草機的事情吵架的那天晚上，他到狗店去了一趟，問狗店老闆，一隻鬥犬要賣多少錢。老闆說要四百元。喬伊說，他得花一段時間才籌得出這麼多錢，但是只要想辦法，還是可以籌到的。那晚，他吃飽了肯德基炸雞，喝了一肚子田納西威士忌，坐在後門廊上聽一隻鴞在樹上啼，他下定決心……

除了人物的行為之外，你也可以用敘述法暗示：

比特那晚下班時，完全沒想到車子裡面有什麼鬼名堂。就連他發動引擎的時候，都沒有聽見蛇的嘶聲。

暗示法可以用在一長段敘述中，讓讀者比較讀得下去。才華洋溢的作者也許整個故事裡都沒有無趣的段落，但是大多數作者好像無法避免這種狀況。假如你在寫一本小說，裡面人物做了旅行的準備，而準備過程中發生的一些事情跟後面的發展有關，所以準備過程雖然平常，卻必須敘述。假設主角買了便宜繩索，結果在他攀登偉岸山的時候，這條便宜繩索害他卡在岩石上。買便宜繩索這件事顯然很重要，但是要到後面才見分曉。讓讀者對買繩索這事產生興趣，可以先暗示後來的危難。你可以這麼開始：

魯道夫去店裡買繩子的時候，還不曉得他就要犯下這輩子最大的失誤。

這個句子會讓讀者的耳朵豎起來。是怎樣的失誤？一個重大疑問在讀者心中浮現，從作者的立場來看，這是好事。

乏味的段落也許不只是一個場景，而會延續到整章，甚至更長。比方說，假如你的一個人物傑夫過去一直有情緒不穩的問題，故事快結束的時候，他就要發神經了，例如拿除草機剃他未來岳丈的頭皮。但是在故事剛開始的時候，他溫馴善良得不得了，碰到困難的時候就悶悶不樂地躲起來。你擔心悶悶不樂的傑夫會讓讀者睡著，把他們喊醒的方法就是讓他們知道你的祕密：這個溫馴的、看起來篤信宗教的傑夫，可能變成殺人狂。你要如何預告將要到來的暴風雨呢？

你可以用作者的語氣，在敘述中暗示，就像前面舉例買繩子那段的做法：

> 傑夫在上教堂的途中注意到那座房子，就是那條小灰狗以前的家。有一天晚上他在盛怒中殺了那條狗，不過那是以前的事了，現在是現在。現在他把憤怒放在心裡，鎖得緊緊的，他告訴自己，絕對不會再讓它跑出來。

另外一個預告的方法是讓人物提出警告：

茱莉買菜回家，看到一個不認識的老婦人站在她的門廊上。老婦滿臉皺紋，身體痀僂，皮膚死白。她的眼睛暴凸，眼珠混濁，像死魚的冷眼。「妳就是要嫁給傑夫的人嗎？」

茱莉點點頭：「是的，周六舉行婚禮。」

「你得知道他是個瘋子，遺傳來的。」

老婦隨即轉身要走。

「慢著！」茱莉喊：「妳怎麼知道？」

老婦停住腳，格格地笑，轉頭說：「我是他的家人，我就是個瘋子。所以我知道。」

你可以利用小角色來預告主角的行動，也可以讓主角自己來預示他未來的行動。從一個人受到一點壓力時的反應，可以看出他受到巨大壓力時會怎麼做。比方說，一隻貓惹惱了他，他就把貓淹死了。或是他緊握拳頭，指甲戳入手掌，流出血來，而他看著血滴發呆，好像迷住了。也許他開車在路上，有人從他車前穿越馬路，他就氣得尖叫，諸如此類。

記住，伏筆是一種承諾。你承諾了，卻沒有事情發生，就是欺騙了讀者。

象徵的善用與濫用

一件事物，除了它本身的意義外，如果對某人別具含意，就叫作「象徵」。如果你描寫一個牛仔一邊騎馬一邊嚼著牛肉乾，牛肉乾本身是一種食物，但它不是一個象徵，因為它沒有別的意義。

假設十年以後，這牛仔挖石油發了大財。有一天，他正準備從最好的朋友身上詐出他僅餘的一百萬，卻在一家時髦餐廳裡偶然吃到一片牛肉乾。他溫馨回想昔年那片牛肉乾。如今他不嚼那東西了，可是牛肉乾對他別具意義，是他過去窮小子的年代，誠實工作的象徵。牛肉乾的地位提升到象徵，不再只是食物，它具體代表單純、誠實、刻苦工作。我們可以稱它為「人生」象徵，因為它在主角的「人生」裡有意義。以下是一些人生象徵的例子：

◆《白鯨記》中，梅維爾把白鯨提升到人生象徵的地位，牠不僅是一條鯨魚，還是惡魔的化身。

◆在霍桑（Nathaniel Hawthorne）的小說《紅字》（The Scarlet Letter）中，紅杏出牆的女主角胸前的「A」字是一個人生象徵。

◆《老人與海》中，捕到魚這件事是老漁夫的男子漢象徵，也是人生象徵。

◆史古基不肯給店員巴布那一塊煤，這塊煤就成了史古基吝嗇的象徵。故事結尾，史古基脫胎換骨了，送了一堆煤炭給巴布，這堆煤又成了他慷慨的象徵。那一塊煤是人生象徵。

這些人生象徵不僅對讀者，對書中人物也同樣是象徵。它們多少是自然出現的，在作者看來是「被發現」的象徵。作者在講述故事的過程中找到這些象徵，可以幫助讀者注意故事中的衝突與議題。自從盤古開天地，全世界每個國家的所有文學作品中，都可以找到這種象徵。

不幸，晚近許多人濫用象徵，主要是因為文學批評界的流派「意象派」（the imagists）壞了事。意象派是一九四〇到五〇年代所謂「新批評派」（new critics）

的餘孽，他們宣揚說，讀者才是一個作品的創作者，而非作家。

他們認為，象徵不僅是人生象徵，還可以是「文學象徵」。人生象徵是在故事進展中，對書中人物自然產生意義的某樣東西，而文學象徵則只對讀者有意義，對書中角色沒有意義。比方說，在故事中只要一形容到某個反角，作者就指出這人的皮鞋發亮。皮鞋變成邪惡的象徵，可是這對誰來說會是一種象徵呢？反正不是對書中角色有意義。作者是在跟自己玩遊戲，他在跟讀者說：咱們瞧瞧你看不看得出隱藏在皮鞋裡的意義。好的寫作應該用技法透露角色的個性。

意象派還有一個把戲，他們寫的故事可能會像這樣：亨利和莉亞的住處，門上有一面紅旗，他們的房間裡有一塊紅地毯。她不小心把自己割傷，流出紅色的血。後來他倆打架，他吐出紅色的血。亨利打上紅領結，坐上紅色計程車走了。故事中的人物都沒有把紅色連結上故事的發展，而只是作者用紅色這個意象「把故事串在一起」。意象不一定是顏色，可以是一盆植物，一架七四七噴射機，木星的衛星，一把剪刀，一隻貓，一雙髒襪子，任何東西。這些意象有時候稱為「主控隱喻」（controlling metaphors），用這種方法並不能產生藝術，只顯得做作。

如果你聽到一個作者說：「我已經寫好故事了，現在要安插象徵進去。」你就知道這作者深受意象派的影響了。

意象派作者也很喜歡使用名為「古典指涉」（classical allusions）的特殊象徵，就是影射希臘神話裡的眾神或聖經人物。比方他可能把一個人物取名叫「鮑伯・眾神」（Bob Pantheon），這名字是用來暗示這個人有神的特色，因為眾神是希臘諸神的統稱。如果你想要寫超棒小說，不要浪費時間去尋找古典指涉，專心塑造人物、製造衝突，讓它緩慢上升到高潮，這才是正道。

象徵的恰當用法是，如果一個人物有所追尋、有人生目標，應該賦予這個標的一個象徵。比方說，一個角色想要逃離孤獨，應該有一個什麼來象徵逃脫——是這個角色看見、想要但得不到的東西。也許是某個團體的入會許可，或是一張登上愛之船的船票。一個角色想要地位，也許可以用一雙鱷魚皮鞋或是一輛粉紅色凱迪拉克跑車做為象徵。抽象的願望或欲望在現實生活中很常見，但在小說中就很難表現，給它一個適當的人生象徵，能讓讀者專心注意故事中的衝突。這才是象徵的真正價值所在。

7

精采對話與身歷其境的場景

直接對話與間接對話

「嗨！」喬伊對瑪莉說。

瑪莉從正在讀的書本上抬起眼睛，回答說：「嗨！」

喬伊的雙腳挪來動去，覺得學校餐廳裡每一個人都在看他。他問：「妳在做啥？」

「看書。」

「噢，看什麼書？」

「《白鯨記》。」

「好看嗎？」

「講打漁的故事。」

喬伊坐下來。一根手指在領子上抹過，抹掉流下脖子的汗水。

「啊，有一件事我得問妳。」他說。

「我在聽。」

「呃，學校的舞會，妳有伴了嗎？」

「我不去參加舞會。」

「咦，每個人都去參加舞會的。跟我一起去怎麼樣？」

「嗯——我想想看，好吧？」

「不要想，去就是了！我會開我老爸的車，會帶夠多錢。」

「聽起來不錯。」

「我們可以在班尼披薩店吃晚餐。」

「哦，那好吧。」

以上這場景是戲劇形式，裡面有核心衝突，因為有兩種意志相對應（他想帶她去舞會，她不太想去）。衝突上升至高潮，兩個角色互相呼應。可是仍然不好，為什麼？

首先，這段對話完全沒意思。這是「直接」會話，角色心裡想什麼，直接對話就表達出來，沒有打算繞圈子、故作矜持、偽裝、說俏皮話等等。精煉的對話會用「間接」的方式表達出角色的意願。我們來看看同樣的場景，用間接對話寫會如何：

「我得在這裡坐下，這是我的工作，」喬伊說。

「哦？」瑪莉從正在讀的書上抬起頭來。

「沒錯，學校付我每小時五十塊錢，在餐廳裡念書，給大家建立好榜樣。」

「愛坐哪兒隨你便，這是自由國家。」

喬伊對她微笑，然後說：「我知道妳的未來。」

「你怎麼會知道我的未來？」

「我會算塔羅牌。」

「我不相信塔羅牌。我家信一神教。」

喬伊從口袋拿出紙牌，洗了一下。他把第一張蓋下來，說：「晚上八點，會有一輛綠色雪佛蘭轎車來接妳。」

「是嗎？」

「開車的那位大帥哥會穿著一件白色晚宴外套，繫著格子花紋的寬腰帶。」

「會喔？」

「他會帶妳參加在本校體育館舉行的舞會。」

「啊喲，牌上說了這麼多呀？」

「不只這些。」他把牌收起來。「我不想把所有天機都洩漏了。」

「有人在邀請我跟他約會？」

「妳願意跟我去舞會嗎？」

「牌上不是都說了嗎？那你應該知道囉！」

因為喬伊用的是間接對話，他顯得獨特而有趣。一個角色在他的最高智能下，會使用巧妙的、別出心裁的間接對話。如果你看過電視情境喜劇，聽到的幾乎全部都是直接對話，這就是為什麼你看得煩厭透了。

在對話上下功夫，你的人物會表現得比作者本人更機智、迷人、有學問、善辯、聰慧而且神采飛揚。怎麼可能？因為有時間差。

你的筆下人物所言所行看起來是立即反應，像是真實的人當下說出慧黠的話、做出巧妙的事。喬伊就這麼隨手取出塔羅牌，說了一大串伶俐的台詞。可是這本書的作者卻是兩個晚上睡不著覺，琢磨著喬伊要怎樣才能打動瑪莉！

你有沒有在派對上遇過淺薄粗鄙的人，在那裡放言高論，說女人天生就比較低下什麼的，你雖然強烈反對，但是想得出來的答話只是「你胡說八道」？在回家的路上，你對自己說，應該引用西蒙．波娃（Simone de Beauvoir）的話，告訴他存在主義文化決定論中，關於各個階級與文化中的性別差異，這應該可以堵住那個狂妄傢伙的嘴。

如果你的筆下人物處在你的境遇，你可以仔細想過，搜尋出最好的回答。你可能需要花上一週的時間，可是當讀者閱讀的時候，他會覺得那個角色就這麼隨口說出。

講故事的模式：描述式、場景式、半場景式

講故事的小說是以三種模式寫成：描述式、場景式和半場景式。

描述式，就是敘述者把動作一一陳述出來，顯示出角色的成長和內心的衝突，然而是用簡略概括的方式陳述。《包法利夫人》幾乎全部以描述式寫成：

查理不知道怎麼回答。他尊敬母親，也崇拜妻子；他認為母親的判斷總

是正確，但是艾瑪在他眼中完美無瑕。老包法利夫人走了以後，他會怯怯地——引用母親的話——提出一、兩件他聽過的最溫和的批評；艾瑪會很快證明他錯了，教他回去看病人。

同時，她按照自己相信的理論，傾盡全力體驗愛情。在花前，在月下，她背詩給他聽，是她牢記心中的熱情詩篇；她唱歌給他聽，幽怨的曲調伴隨著嘆息。但是之後她發現自己心靜如恆，而查理好像既沒有增加愛意，也沒有激起熱情。

用此法不能在她心中迸出絲毫愛的火花，她也不能了解自己沒有感覺到的東西，正如她無法相信傳統方法不能證明的事情。於是輕易判定，查理對她的愛已經淡薄了。他的狂熱已經沉澱為定規行事，他只在特定的時間擁抱她。他們的親熱只是眾多習慣當中的一個，像是預先知道的甜點，在單調的晚餐之後一定要上的……

場景式，就是敘述者按照事情發生的經過詳盡描述。下面這個例子也是出自《包法利夫人》：

那天的晚餐桌上，她的丈夫發現她氣色極佳，可是他問她騎馬如何，她卻好像沒聽見。她坐在那兒，手肘靠在餐盤旁邊的桌上，兩支燃燒的蠟燭之間。

「艾瑪！」他說。

「什麼？」

「嗯，今天下午我去看了亞歷山德先生，他有一匹幾歲大的母馬，情況還很好，只是膝蓋有點彎。我相信他會願意以三百法郎出售……我想妳會喜歡牠，所以我訂了……我買了牠……我做得對不對？告訴我。」

她點點頭。過了一刻鐘以後，她問：「今晚你要出門嗎？」

「要啊，怎麼？」

「啊，沒什麼……沒事，親愛的。」

她一送查理出了門，就上樓去，關在自己房間裡。

起先她覺得暈眩；她看見樹林、步道、壕溝和魯道夫；彷彿他的臂膀又緊摟著她，樹葉顫動，小草窸窣。

但是當她看見鏡子裡的自己，她驚嘆那臉的模樣。她的眼睛從沒有這麼大、這麼黑、這麼深。有什麼東西微妙地散播到她的全身，改造了她。

她再三對自己說：「我有了情人！我有了情人！」一想到此，她就是一陣甜蜜的顫抖……

半場景，是敘述過程中間夾雜部分場景：

九月將盡時，查理在白土農場住了三天。最後一天，與前兩天沒有差別，重大時刻一天一天往後推移。（描述式到此為止，場景式開始）魯奧先生送他一小段路。走在低窪的道路上，正要分手。是時候了，查理告訴自己，在走到樹籬轉角之前，他得要表明意向。終於，樹籬轉角也過了，他低聲說：「魯奧先生，有件事我得跟您說。」

「說啊，告訴我你在想什麼——反正我已經知道了！」魯奧先生和氣地笑著說。

「魯奧先生——魯奧先生——」查理結結巴巴。

「在我看來，這事再好不過，」農夫自顧自說：「想來小女也同意，但不管怎樣，我還是得問她的意思。我現在就跟你道別，先回屋去。聽好：如果她答應，你最好不要再進屋，因為屋裡人多，而且她會很難為情。不過我不會讓你懸在這裡，我會打開一扇百葉窗，一直推到靠牆邊。你越過樹籬往回看，可以看到。」

他走了。

查理把馬繫在樹上，跑回步道等候。半小時過去了，他看著手表，又數過十九分鐘。忽然他聽到屋子那邊傳來聲響，百葉窗碰的撞擊到牆壁，窗鉰還在震顫。（場景式結束，回復到描述式）

第二天早上九點鐘，他又到了農場。艾瑪看見他進屋，紅了臉，但勉強笑了一聲，不願意顯得太心慌意亂。魯奧先生擁抱他未來的女婿。有關財產的安排暫時不討論，時間還很充裕，因為依習俗，婚禮得要等查理守完喪才能舉行，那就要到明年春天了。

整個冬天就在等候中度過……

場景的寫法

戲劇性作品必須有上升的衝突，不僅整個故事如此，其中的場景也如此。不管是用簡要方式敘述過程，或比較詳細的半場景或全場景都如此。

因為有上升的衝突，一個場景好歹必須達到高潮並且解決，只是衝突還會持續延伸到接下來的場景。一個場景裡的核心衝突不一定是小說的核心衝突。小說的核心衝突也許是一個男人和他妻子的關係，開頭的場景卻可能是關於他和老闆之間的衝突，這衝突導致他被開除，結果影響到核心衝突。

場景與故事有相同的格式：開始的時候緊張程度低，上升到高潮，接著解決了問題。以下是《小氣財神》裡的一個例子：

這笨蛋，在開門讓史古基的外甥出去時，放了另兩個人進來。（這是連接前一個場景的橋段，新的場景現在開始）兩人都是魁梧的紳士，看著體面。他們把帽子摘下，站在史古基的辦公室裡，手上拿著簿子和紙，向他鞠躬。

「史古基與馬利公司，是吧？」其中一位紳士對照著他的名單說：「請問您是史古基先生還是馬利先生？」

「馬利先生死了有七年了，」史古基回答：「他是七年前的今天晚上死的。」（到目前為止沒什麼衝突。史古基還沒有發現這兩人是來跟他要錢的）

「我們相信他在世的合夥人和他一樣慷慨。」那位紳士說著，呈上身分證明。

沒錯，兩位合夥人慷慨的程度是半斤八兩。聽到「慷慨」這個不吉利的詞，史古基皺起眉，搖搖頭，把身分證明還給紳士。（緊張升高）

「在這一年裡最歡樂的季節，史古基先生，」紳士說著，取出筆來，「我們比平常更想要為貧窮不幸的人提供一點幫助，他們這時候正受大苦。成千上萬的人連基本的衣食都欠缺，幾十萬人不得溫飽，您老。」

「沒有監獄嗎？」史古基問。（他開始尖酸刻薄了；他們是來要錢的）

「監獄很多。」紳士說著，把筆放下了。

「工會的貧民習藝所呢？」史古基責問：「還開著吧？」

「是，還開著，」紳士回答：「但願我能告訴你已經不需要它們了。」

「苦役場和救濟院，也都興旺得很囉？」史古基說。

「都人滿為患，先生。」

「哦，先前聽你說，我還擔心這些機構都發生了什麼問題，不能運作了呢。」史古基說：「我很高興它們都好好的。」

「據我們所知，這些機構並不提供節慶的歡樂和額外衣食給貧苦大眾，」紳士回答：「所以我們幾個就發起募款，給窮人買些肉食和飲料，以及保暖用品。我們選擇這個時機，因為此時窮人特別感到匱乏，有錢人則特別開心。我應該寫上您認捐多少呢？」

「什麼也不要寫！」史古基答道。

「您要匿名？」

「我要耳根清靜，」史古基說：「你問我要怎樣，紳士們，我給了你們答案。聖誕節我並不開心，我也沒法子讓遊手好閒的人都開心。剛才提到的那些機構，我都出過力的——花的錢夠多了；實在窮苦的人應該去那些地方。」

「很多人不能去，還有很多人寧死不願去。」

「如果他們寧可死，」史古基說：「他們就該死了算了，減少過剩人口。再說——恕我直言——我不知道你們說的是真是假。」

「但我想你心裡有數。」紳士觀察道。

「那與你無關，」史古基回嘴：「一個人只要管好他自己的事，不去干預別人的事，就夠了。我的事夠我忙的。再見了，兩位！」

紳士們眼看多說無益，退出了。（高潮點，接下來是解決，包括史古基的情緒增長）史古基回頭做自己的事，覺得自己表現頗佳，心情有點浮躁。

霧更濃，天更黑了……（接續下一場景的橋段）

以上是一個全場景，從兩紳士來到開始；衝突上升到高潮點，結束時有個解決，接續一個橋段，通往下一場景。很多時候不用全場景比較好，因為起始時衝突不夠強，可能吸引不了讀者。比方你的人物正要向老闆要求加薪，他下定決心明天一早就進老闆辦公室。他下定決心的場景結束時，可以直接切到下一個場景的中段：

「你非加薪不可，喬伊，我們需要錢給寶寶做準備！如果你不肯去跟老闆提，我就走！」

「好嘛，好嘛，我去問，我去問。明天一早就去！」

他一夜沒睡好。次晨（接到下一場景），站在老闆面前（立刻入景），他覺得膝蓋發抖，結結巴巴地提出要求：「給我加薪，不然我就辭職！」

老闆抬起頭來看他，臉上浮現一抹豺狼似的微笑：「我們會懷念你的，喬伊。」（本場景的高潮）

那天下午，喬伊買了繩子準備上吊……（解決與通往下一場景的橋段）

切入場景中段，你的小說就加快了速度，讀者也更關切上升的衝突。如果衝突不夠強，或是為達到喜劇效果，一個場景的高潮甚至可以省略：

那天早上喬伊下定決心，只有一條路可走。只要去跟老爸借他的老獵槍，到鎮上的酒鋪，到晚上他就會有夠多的錢，可以去好萊塢，想辦法打入電視圈。他等到天黑才展開行動，戴上滑雪面罩、手套，穿上跑鞋。他把車停在轉角，整九點時走進福瑞酒鋪。九點二十八分，他被關進了本城監獄。（省略掉搶劫的實際行動，以造成喜劇效果）

當評論家說一部作品節奏快，往往是因為作者一直讓人物處於強烈的衝突之中，直接切入衝突上升的場景。你在寫小說時，每個場景都要考慮一下能不能修剪，好加快節奏。

化平凡的場景為神奇

以下是一個尋常狀況，警察抵達謀殺現場，對代理驗屍官講話：

費思分隊長把車開到佛蒙特街那座房子前面停下，下了車，走上台階，按門鈴。過一會兒女傭開了門，把他帶到後面日光浴間，法醫處的人在那裡等候。法醫自我介紹說是赫曼・崔普，兩人握了手。

「屍體呢？」費思分隊長問。

「就在這兒。」崔普說。崔普是個高個子，兩撇小山羊鬍。

女傭離開了。

崔普給隊長看，在沙發後面窄小的空間，死者躺在那裡，蓋著白被單。

「打開來看。」費思說。

「很難看喔。」

崔普拉下被單，露出一個三十出頭女人的身體，喉嚨被劃開了。

「死多久了？」費思問。

「兩小時，或三小時。」

「掙扎的痕跡？」

「沒有。」

「好吧，你幾時可以給我完整的報告？」

「明早八點會放在你桌上。」

費思又問：「你找到凶器了嗎？」

「沒有。」

「鑑識組的人就要到了吧？」

「一小時前就該到了。」

「他們到之前不要動遺體。我去跟女傭談談。」

「好的，隊長。」

這個場景寫得很差，裡面沒有衝突，沒有新奇處，人物都很陳腐。你在電視警探劇裡會看到這種場景。此外，文字沒有光采，也沒有火花。我們先來看看，放一點衝突進去會怎樣？從分隊長走進日光浴間開始：

「我叫費思，」分隊長說。對這年輕人，他連手都懶得伸出來握。

「崔普。」

「你是新來的？」費思問。

「來一陣子了。」

「怎麼以前沒見過你？」

「一直在谷區工作。」

「不管怎樣，你若有兩把刷子，我總該聽說過你。」

「我不差。」

分隊長轉向女傭說：「我需要妳的時候會喊妳，小妞。」

女傭點點頭，退出房間。

「屍體在哪兒，崔普？」

「沙發後面。」

分隊長看了看沙發後面。

「你看到她的時候，她就蓋著床單？」

「是我蓋上的。」

「我不喜歡有人動過現場。拿開床單。」

崔普揭開床單，分隊長看了死者脖子上的傷口。

「告訴我時間，崔普。」

「我認為發生在兩到三小時以前，隊長。」

分隊長點起一根雪茄。「你不是說自己不差嗎？」

「到明天早晨我就能告訴你她早餐吃了什麼，幾時上的最後一次大號。」

「好吧，崔普，我等著看。我喜歡等著看。鑑識組的人上哪兒混去了？」

「已經通知他們了，別的我不知道。」

「打電話，說我給他們五分鐘，再不來我就要踢他們屁股，敲他們頭。」

「好。」

這個比較好，因為人物之間有衝突，然而對話還是太直接。下面這段改寫，還是從分隊長進入日光浴室開始：

「費思。」費思說。

「崔普。」對方回答。（正面交鋒）

分隊長轉向女傭：「妳沒有家具好擦了嗎？」（間接——翻譯：滾蛋）

女傭急忙退出房間。分隊長轉向崔普。

「韓尼斯怎麼不在？」（間接——翻譯：怎麼是你在這裡？）

「韓尼斯上週五拿到他的金表了。」（他退休了）

「恐怕他帶著歷練一起退休了。」（你，崔普，一定是隻菜鳥）

「過去六個月我在谷區工作。」（我有歷練）

「我沒聽說過你。」（你怎麼可能有本事？）

崔普紅了臉。「我也沒聽說過你。」

費思大笑，然後說：「包裹在哪兒？」（翻譯：屍體）

「三號門後面，」崔普說著，拉開沙發。「一號簾子下面。」他又說，一邊揭開床單。（這不需要翻譯）

費思分隊長彎下腰端詳屍體：「看起來像是俐落先生或麻利太太幹的活兒。我寧可像這樣，受不了胡切亂砍。你琢磨出幾個大問號了嗎？」（間接——意思看崔普的回答便知）

「誰幹的、用什麼、為了啥，我幫不上忙，但是時間，我有概念。」

「我自己也猜得出來。兩小時三十分鐘以前——從屍體的僵硬程度看來。」

崔普點頭，表達無言的敬意。

「韓尼斯都會告訴我他的觀察，」分隊長說：「我都聽在耳朵裡。」（我閱歷豐富）

這故事告訴我們。好的對話必須在衝突中進行，間接、機智、精采。好啦，要是你的對話不精采怎麼辦？讀下去。

將平淡對話改為唇槍舌劍

大部分小說家先寫草稿，然後從頭琢磨，尤其是對話。先寫了一段對話之後，回頭看，針對每一行，問自己下列問題：

- 有衝突嗎？
- 是否陳腔濫調？
- 能用間接方式，說得更好嗎？
- 有更巧妙、更鮮活的說法嗎？

以下這段是露西與丈夫喬伊的對話，時間是喬伊被革除採購員職位的那天晚上。他回到家，不想告訴露西失業的事，因為寶寶再三個月就要出生了，而他倆沒有任何儲蓄。他一進門，對話開始：

看到他一張臉拉得很長，露西就說：「怎麼啦，親愛的？」

「什麼怎麼啦？」

「你進了門，沒有給我一個吻。」

「不想吻。」

「告訴我出了什麼事吧。」

「妳今晚怎麼這麼多事？」

「我有權多事，我是你老婆。」

「可妳不是我老闆！」

說完，喬伊衝出房間。

簡潔起見，我們先不談這裡很明顯的跳躍式衝突。

要改寫這段對話，我們一行一行看，問自己那四個問題。

先看第一行：「怎麼啦，親愛的？」

這裡有衝突嗎？有，這句話像是一種攻擊，說話的人提出要求。她要求資訊，另一個人感受壓力，喬伊必須回答。

第二個問題：陳腔爛調嗎？是的。好吧，你只好問自己，可以怎樣換一種新鮮說法，但是維持在衝突之中？

換成「幹麼拉長了臉？」怎麼樣？

比「怎麼啦，親愛的？」還要老套。

那「你的臉像是給人揉皺了，親愛的！」好不好？

可以吧？有衝突？不老套？那麼，能不能用間接方法說得更好？形容一個人「臉像是給人揉皺了」，已經是間接的了。

再來，這句話夠不夠巧妙，夠不夠鮮活？

找出答案唯一的方法是仔細思量個幾分鐘，看看想不想得出更好的說法。有了，「看起來好像有人把你的輪胎放了氣，親愛的。」不喜歡？好吧，維持「揉皺了」不動。

看下一行，喬伊的回答：「什麼怎麼啦？」

有衝突嗎？嗯，這算是防禦，但是軟弱，既不巧妙也不鮮活，而且陳腐。這行得分是零。

於是你左思右想。「鴨子游水，歡天喜地。」怎麼樣？老調？嗯，也許有點。但是想來想去，想不出更好的，何況這說法活潑又間接，衝突也持續。你決定就用它。

每一行都經過同樣的處理之後，這段對話改寫成：

「你的臉像是給人揉皺了，親愛的！」

「怎麼會，我像鴨子游水，歡天喜地。」

「那為什麼今晚沒親親？」

「不想傳染感冒給妳。」

「你得的是暴躁症，不是感冒——暴躁症不會傳染。」

「好啦，露西，婚姻守則第一條就是不要教訓老公，至少等他回到家三十秒以後再囉嗦不遲。」

「第二條呢，就是有事不可隱瞞配偶！」

「第三條呢，妳是我老婆，不是我老闆，所以閉嘴！」

如果這段口舌交鋒是小說的一部分，一定還得再改，說不定要改很多次。「臉揉皺」聽起來不大對，「鴨子游水」是英國人說法，不適合這兩個人。但是多想多改，終究會愈來愈好。大部分的對白都需要一改再改，你得要求自己給它添加衝突，讓它更鮮活、間接、巧妙而精采，它就會愈來愈好。

行文生動，必須遵守三道天條

要使行文生動，有三道天條必須遵守：

◆明確。
◆照顧所有感官。
◆做個詩人。

以下是一段不明確的描述，我們每個人初稿都會寫成這樣：

艾波太太抵達車站時，火車已經開走了。她在月台上走來走去，想著要怎麼辦。這條線下去還有幾個站，也許她可以趕到其中一個站，追上火車。她問一個計程車司機，他說：「不可能，辦不到。」

她又踱步踩了一陣子。一定有辦法的。她回到車站，問站長下一班車多久來？他回答要兩小時。她說她不能等那麼久。

她又踱步，忽然她想到一個辦法。能不能包一架飛機？對！包一架飛機，她就能趕上。

這場景不「明確」。以下是同樣的場景，加入了明確細節，看它怎樣活起來：

碧翠絲．艾波抵達內華達州雷諾市的美國橫貫鐵路火車站，發現五點十五分開往舊金山的班車剛好消失在西方的地平線上。她在老舊月台的灰色木頭地板上踱來踱去，想著要怎麼辦。忽然想到，維第站只在十哩之外，五點十五這班車總是在那裡停留裝運郵件。她看見一個瘦得像鉛筆似的計程車司機，倚著他那輛撞得凹凹扁扁的普利茅斯老爺車，細讀一張賽馬表。「十五分鐘以內送我到維第站，我就給你一百塊，」她一邊說，一邊拿一張鈔票在他面前搖晃。

老司機想了想，吐出一口褐色菸草渣，然後說：「辦不到。」又回去看他的賽馬表了。碧翠絲低吼一聲，又回月台去踱步。一定有辦法的，她過去問臉圓圓的站長。「下一班西行的班車是七點十分開。」站長說著，點了點頭。她又去踱步。

也許是在天空盤旋的一隻藍鶇鳥引發她的靈感。在史巴克機場，不是有包租飛機嗎？她可以在二十分鐘內趕到那裡，飛到馬利維爾，火車還沒到沙加緬度，她就在那兒等著它了！

這段文字也許得不到普立茲獎，但是絕對比先前那淡而無味的版本強多了。模糊含混的細節現在說清楚了，但是文字不是很動人，因為目前只有視覺的描述。好的文字不能只給我們視覺想像，其他的感官也都要顧到——嗅覺、味覺、觸覺和聽覺。蘊含感覺的文字還應該提到次級感覺——壓力、熱與冷，以及心靈感覺，例如預感、恍惚曾見之類的。以下是示範：

碧翠絲．艾波抵達灰色木板條鋪成的橫貫鐵路雷諾火車站，發現五點十五分開往舊金山的班車剛好消失在西邊彎道上，尖銳的汽笛消散入遠方，火車頭排出的煙塵在空中流連了一會兒，才被一陣沙漠熱風吹走。乾熱的風擦痛她的臉頰，灼燙她的鼻孔。

她在厚重的灰色木板上踱來踱去，高跟鞋有韻律地敲擊地面。怎麼辦呢？一張灰塵滿布的地圖釘在牆上，給了她答案。維第站只在十哩之外，五點十五這班車總是在那裡停留上下郵件。一輛黃黑相間的計程車，擋泥板已生鏽的老爺普利茅斯，正停在站前。司機，滿臉倦容的黑皮膚墨西哥人，倚在擋泥板上看一張賽馬表。他身上有一股大麻菸味，散發著凶惡氣息。她非得冒這個險不可。她拿一張百元大鈔在他面前揮舞，他的眼睛一亮，露出單純的貪婪。

「送我到維第站，讓我趕上這班火車，這張鈔票就是你的。」他一邊考慮，一邊掂動手上的銀鑰匙，然後搖搖頭。「辦不到。」他惋惜地說。

行文生動的第三律是「做個詩人」。說來容易做來難，你說得對。問題不只如此，這一律還有個亞律：「不要太熱中做詩人。」對小說家而言，做詩人的意思是善用比喻，達到很好的效果。比喻包括擬人化、誇飾法、暗喻與明喻。

擬人化是為一個無生命的東西賦予人的性質：「我愛我的車，可是我的車恨我。」誇飾法是誇大其辭：「我的前妻兼具納粹突擊隊員的同情心與鱷魚的氣質。」暗喻是以暗示手法拿一個東西比作另一個東西：「五月間她停止節食，到十一月她就成了一條鯨魚。」「喬治把手塞進發電機，手就變成了漢堡肉。」有很多暗喻看起來非常適切，結果太多人用，變成陳腔濫調：「他透過玫瑰色的眼鏡觀看這世界。」明喻則是直接比擬，用「像是」、「有如」等詞：「被馬踩過之後，那人的腳看起來像一片煎餅。」「瑪莉的男朋友平淡得有如燕麥片。」

好的比喻不僅讓讀者覺得很巧妙，還常常一語雙關。例如狄更斯形容史古基「孤獨得像牡蠣」，不僅適切（因為牡蠣關在殼裡），而且牡蠣也是滑溜溜的。納博科夫筆下的亨伯特形容他第一次見到蘿莉塔：「一條圓點花樣的黑帕子繫在胸前，讓我上了年紀的猿眼看她不著……」他的眼睛是「猿」眼，不僅因為醜，而且因為是侵犯兒童的獸眼。我們第一次遇見查理．包法利時，福樓拜形容他「額前瀏海剪得平平的，像是鄉村教堂的合唱指揮。」當然鄉村教堂的合唱指揮依習俗都剪成這樣的髮型，但也是因為鄉村教堂的指揮通常都心胸狹窄、土里土氣、平淡乏味，就像查理。《飛越杜鵑窩》的敘述者酋長，形容馬克莫非的聲音「響亮而作怪」，真是恰當極了，因為馬克莫非不僅聲音作怪，他整個人就是作怪；後來，酋長形容護理長的嘴唇「成三角形，像是洋娃娃的嘴，嘟起來準備親人的樣子」，這比喻恰當不僅因為護理長的嘴唇形狀像洋娃娃，也因為護理長本身就像一個洋娃娃，不是真人。

在你的寫作中，如何找到適當的比喻？其實不必多有天分，你需要的只是練習。當你寫敘述句的時候，努力尋找適當的比喻法，愈多愈好。寫初稿時，把想得到的比喻都寫進去，有些比喻也許聽起來有一點傻，但是沒關係，以後再來推敲。每當你覺得形容得有點含混，你就想辦法找一種比喻法，讓它變得生動些，最好還讓它語帶雙關。你形容一個人高，有多高？高得像什麼？聰明，有多聰明？聰明得像什麼？一隻小狗很可愛，有多可愛？可愛得像什麼？繼續努力，你會發現好的比喻法自然湧現。

但是要小心，缺少好的比喻法也許讓你的文字有點乏味，但是用了不好的比喻法，會讓你的敘述看著愚蠢、好笑、荒謬或零亂。除非你是在寫喜鬧劇，否則就會像跳蚤堆中矗立粉紅色大象，說有多扎眼就有多扎眼。以下是幾個指導原則。

不要使用雖然好但是老的招數[8]：

瞎得像蝙蝠／像馬似的大嚼／門釘般死透了／一條冷魚（感情冷淡的人）／酷如黃瓜／頑固如蘇格蘭人／健壯如雨／蒼蠅掉落手把（勃然大怒）／為潑掉的奶哭泣（於事無補）／一片臉海

不要接連使用一長串明喻：

她高得像電線杆，瘦得像蘆葦；皮膚柔軟像絲絨，眼睛像太平洋。

8　以下內容皆為英文常用形容法。

不要混用暗喻：

他喜歡把頭埋在沙裡，把火把藏在簸箕下面。

你用的暗喻，要確定讀者能懂：

他聞起來像 SO_2。（讀者可能不知道這是二氧化硫的化學符號，這東西聞起來像臭蛋。）

比喻法不要用過頭：

他的雙手虬結如樹根，在土中多年而變黑了，又粗糙得像是給白蟻吃掉一半，可是堅硬結實如健康的樹根……

使用比喻法，注意不要看起來不對勁：

黃昏舒適而溫暖，天空星斗點點，像天花病人的臉頰。

形容讓人噁心的東西，也不要看起來反倒可喜：

他注視那下水道，用鼻子去聞那臭氣，綠色泡泡冒出來，像聖誕樹的裝飾品。

比喻法不要弄得太複雜，讓人無法想像：

她臉上的皺紋像地圖，鋪在五角大廈的平面圖上。

避免過度渲染：

她的眼睛像印度的藍寶石，由丹吉爾的工匠鑲嵌在南非的鑽石中間。

不要把象徵的和實際的混在一起：

達伯岱是棒球之父，也是兩兒一女的爹。

感觀之外，美文在焉

生動有力的文句像是含有特質，摻進軟弱蒼白的文字之中，能注入活力與色彩。例如，好的散文會把時間織進它的錦緞裡：

她向那荒涼的灰色大草原望出去，奔熊酋長是在那裡死去，第七騎兵隊在那裡一天之內屠殺了一千個印第安女人。深沉的悲哀一時充塞她心頭。忽然有人說：「湯上來了。」她轉過身，往回穿越天井的沙色石板，過拉門，進入餐廳，晚餐已備。等到她在芝麻餐包上抹奶油的時候，酋長、印第安女人和第七騎兵隊那些屠夫，都已經被她忘懷。

另一個很好用的方法，是透過各個人物的觀點描述場景。換言之，你用人物所見來寫景。有時候人物會誤解他所看見的景象：

諾曼在睡袋裡醒過來，打個哈欠，往尤卡平原望去。昨天他躲避的那些士兵走了，只剩下高塔和房舍在那裡。他想，也許現在我可以搞清楚他們到底來這兒幹什麼……

好的文詞有動作，不停滯。場景應該持續改變，或是觀看場景的角度改變。以下是停滯的例子：

紅色穀倉立在房子後面，已經多年不用。油漆剝落，門扇鬆脫，豬圈倒下。

這些全都是靜態不動的東西。看看以下改寫過的，便知道可以怎樣讓描述變成動態：

紅色穀倉立在房子後面，穀倉兩側，木窗板打在生鏽的絞鏈上砰砰作響。油漆在微風中片片剝落，像紅鏽色的雪花，落在空蕩的豬圈中。曾經有幾千頭豬養在裡面，牠們的尖叫似乎餘音猶在……

前面提到不要太熱衷做個詩人，下面這段文字就沒有聽從此勸：

蜜兒是一個小骨架的女人，鼻子像滑雪跳台，耳朵小得簡直像老鼠。她走路挺得很直，說話的時候讓人想起西藏的雪雀，因為她的聲音清脆，而不嘰喳。可是與鳥的相似處到此為止。她的腳如水牛，不是像非洲水牛長而尖，而是像暹羅水牛，寬大得像香港舢舨船前甲板的杉木厚板。是啊，蜜兒確實有多種特質……

總之，你的文句應該包含時間、顏色，並且結構嚴密（詳細明確而不是籠統含混）；傳達一種動感，並且照顧到七種感覺：聽覺、視覺、觸覺、味覺、嗅覺、心靈感應，以及幽默感。

8

創作必經的煎熬：改寫，再改寫

為什麼要改寫？要改寫哪些部分？

諾特在《小說工藝》中說：「改寫就像跟惡魔角力，是無可逃脫的，因為幾乎人人皆可寫作，唯獨作家知道如何改寫。擁有這份能力，業餘寫手才能蛻變成專業作家。」

每一個教小說創作的老師都知道，諾特先生說得再正確不過。

你正在讀的這本書，講述的是創作超棒小說的方法。起先你有一個剛萌芽的點子，也許是關於一個人物、一段情節、一個地方，或只是在你腦袋後面一股頭皮發麻的感覺。

於是你寫下幾行筆記，看看這點子可以如何變成一個故事。假如這點子是關於一個人，一個瘋瘋傻傻的金髮女人，你曾經在一個派對上偶遇這樣一個女人，覺得她很奇特，想要寫她。你首先自問：如果怎樣，會怎樣。如果這瘋女愛上一個修道士？如果她中了大獎，贏得一百萬美元？如果她跑去從軍？很快你就曉得核心衝突大概是什麼。你寫下幾個其他人物的簡介，添枝加葉變成傳記，然後尋找一個前提，決定就用「瘋瘋傻傻導致幸福」。之後你寫步驟表，根據步驟表寫好了小說初稿。現在該來修改潤飾了，這是最後的難關。如果你按部就班照章行事，就可以寫出劇情小說，對吧？然後你就可以把它賣給出版社，賺一大筆錢，不是嗎？

欸，不是。沒這麼好。

該是說實話的時候了。

如果你從沒寫過小說，想像一下可能會有多難，然後乘上一百倍。對有些人而言，它的難度超過划著澡盆越過北大西洋。

你說：不會啦。假如你是天才，天分高，不會那麼難。

如果你是天才，天分高，會更難。

你說：怎麼會？

因為作者非常難以評估他自己寫出來的東西，而他若不能分辨草稿何處好、何處不好，就不可能把草稿改成可以出版的定稿。可是，為什麼這麼難？

這跟人腦的運作方式有關。你在讀別人的作品時，很容易看出其缺點、錯誤與死角。人物描寫不當，引喻失義等等，昭昭在目。讀別人的初稿，其中的缺失像是從頁面上掉下，向你飛來。在別人的書裡，一個人物不大帶勁，你立刻感覺得出來。當你讀別人的書時，你知道哪處會讓你昏昏欲睡。別人的書裡到處是陳腔濫調，可是在你自己的書裡它們全都躲藏不見。而且如果你很有天分，甚至是個天才，就會更難。為什麼？只有創造我們的宇宙主宰明瞭，真的是這樣。

評估自己作品的時候，遇到的問題還不只是視而不見。你會很自然地關切你的人物，因為他們是你創造出來的，你的讀者卻不會。在你的心目中，這些人物完整又獨特，你的讀者不見得同意。你會隨他們受苦，他們斬斷情絲時你會哭，他們死時你會悲痛，但你的讀者可能只想打哈欠。

想要順利寫完小說，你得學會客觀看待你的作品，學著從批評家的角度來看。你還得能修改稿子，把它改得強而有力。為了加強力道，你可能得修剪或刪除一些你很喜歡的場景，或者更改情節、人物、風格、語調、聲音、時態。首先你要能面對，這是非做不可的事，然後重新思考、重新寫作。

痛啊，你說。

沒錯。

寫完你的小說初稿，給你母親看，她會愛死了。你的叔叔也會，你的朋友不但喜歡，還開玩笑說你會發大財。可是，有些朋友可能會直視你的眼睛說：「老實講，我覺得有點——怎麼說呢——有些地方有點乏味。」你追問是哪些地方，他們聳聳肩。你的心怦怦跳，因為你猜想他們可能有理。好吧，你對自己說，有些地方是有點乏味。可是，是哪些部分？我可以怎麼改？首先，你需要清楚而客觀地評估手上的稿子，你得知道自己想要的效果到底達成沒有。

方法之一是找一個作者團體，問他們的意見。

妥善利用各種作者團體

（美國）到處都有作者團體。寫作人像鵝，喜歡聚集在一起，這是天性。作者團體大致可以分成三種：胡吹類、學究類和破壞類。

跟胡吹類在一起很好玩。有人朗讀了一篇作品，其他人就說：「花從游泳池裡長出來，這景象太酷了。你的小說人物我個個都喜歡，我老媽都沒他們可愛。哦對了，還有那領帶上的綠龜，真是貫串全篇的巧妙暗喻。」

這種團體常常提供餅乾，大家還不時各帶一道食物來共享。你的作品經過朗讀與討論之後，會覺得自己拿諾貝爾文學獎猶如探囊取物，真讓人開心。很不幸，這種團體毀掉的作家比麥卡錫委員會（McCarthy Committee）[9]抓起來的還多。你可以在那裡吃點餅乾，時不時帶點鬆餅去參加分享會，但是千萬別讓他們朗讀你的作品，就算他們付你錢也不要。奉承阿諛對你一點好處也沒有，反而會摧毀你的決心，因為儘管你的初稿缺點甚多，這種團體卻讓你以為它是毋須更動一字的大師傑作。

學究類的團體很容易辨認。你問帶頭的，他覺得喬伊斯的《芬尼根守靈夜》（Finnegan's Wake）怎麼樣。如果他竟然看過這本書超過三段以上，你就知道這是一個學究類團體了。這種團體讀你的稿子，會拿來跟大師作品比較。他們會說：「噢，你應該讀讀斯曼諾夫的《瘋狂夫人的告白》[10]。」在這裡，你會學到很多關

9　指的是美國眾議院非美活動委員會。在一九五〇年代前半，美國陷入恐共瘋狂，主要推波助瀾者為共和黨籍參議員麥卡錫。非美委員會成立在此之前，與麥卡錫無直接關連，但因它專職調查有顛覆美國（非美或反美）嫌疑者，這段期間羅織罪名濫捕濫殺的情形頗多，因此在一般人心目中與麥卡錫主義難分難解。

10　這是作者虛構的人與書，純屬玩笑。

於存在主義、意象派以及佛洛伊德式的暗示，你做夢也沒想到有那麼多說法。學究團體供應法國軟起士與白酒（是整瓶有軟木塞的，絕對不是那種一擰就開的），起士和酒通常都很好，評論則全部都很差。把你的寫作拿來跟你從來沒聽過的人比，對你一點好處都沒有。你在這裡遇見的作者寫的是「實驗派」的文字，至於他們為什麼要實驗以及到底做的是什麼實驗，他們多半並不知道。

破壞性的團體是唯一真正值得參加的。首次出席破壞類團體，你會以為誤入新式心理治療室，其目的是打擊作者的自尊。你會聽見人家說：「嘿，幫幫忙，加點油，你的人物像是一群軟腳蝦。不是說這些傢伙是海軍陸戰隊嗎？怎麼倒像是美髮師！」這就是破壞性批評。某些討論會准許對作者發動攻擊，你會聽到人家說：「寫出這種無聊垃圾，因為妳不過只個是家庭主婦。到外面去闖蕩一下世界吧！」或是「這讀起來像是共和黨員寫的東西」等等。不過，大多數破壞類團體規定批評必須針對作品。他們非常樂意把你的心血結晶貶得一文不值，這樣很好。一開始或許很難接受，但是熱水盆裡煉不成鋼，你得把它丟進熔爐裡才行。

沒錯，起先你會氣瘋了，說不定還掉下眼淚，或是喝個大醉，拿頭去撞牆。但是如果你明辨事理，接著就會坐下來，仔細思量人家的批評，然後自問：是不是人家看出了你沒發現的什麼。

不過你得小心，批評者常常是想讓作者寫出「他們自己想寫而寫不出來」的東西。在改寫的時候，弄清楚是在改寫你的作品，不是別人的。問你自己，怎樣改，能堵住批評者的嘴，卻不致改變你的前提。假如你寫的是愛情悲劇，別因為人家的批評而改寫成圓滿結局。還要注意是否整個團體的人都有一致的看法，別被一、兩個聲音很大的人騙倒，去修改不需要改的部分。詢問其他人的意見，如果大多數人都認為你該改，那麼你大概就得改。

之後等上幾天，回想那些批評，思考要改的話該怎麼做。與批評者討論，然後動手改。需要改的地方不可容情，但是除非你確實相信改過會更好，否則一個字也不要動。

沒有好團體幫忙，該怎麼辦？

如果你找不到破壞類團體，也不想要自己組一個，怎麼辦？你就得當自己的批評家，並且盡量請朋友幫忙。

要讓你的朋友說真話，方法之一是告訴他們：這稿子是別人寫的。告訴他們，你答應幫一個好朋友寫書評，可是你想不出說什麼，請他們幫忙。這麼一來，你的朋友不需要淨說好話。既然是別人寫的，他們說真心話就不必歉疚。

不管有沒有告訴讀者這是你的作品，對於他們提出的負面批評一定要追問到底，是哪一點他們不喜歡——人物、情境、步調（太慢？太快？）、不夠清楚等等。把他們當成審判證人，毫不放鬆地質問。絕對不可駁斥批評者，要讓他們暢所欲言；絕對不要為自己的作品辯護，這樣做沒有好處，只會讓批評者下次不開金口了。坐下來改寫的時候，對於你不同意的批評可以忽略，這是你的小說，由你作主。

提供一份清單給批評者，上面列舉各項元素，按照「手法優劣」的程度，請他們給分，這樣他們會說得多一些。清單上可以包含情節、人物塑造、語言運用等等，請批評者盡量發揮，不要遺漏任何一項。如果十個人裡面有六、七個人給同一個項目很高分，你就可以確定在這項上你做得不錯；得分最低的項目是你需要多多努力的地方。

另一個診斷方法，是請人為你小說中的每個場景，按有趣的程度給分。每個場景從一到十分，有一點趣味的是五分，完全無聊是一分，深受吸引是十分。如果每個讀者都給同一些章節或段落六分以下，你就知道哪些地方該加強了。

你還可以製作一份「蓋洛普民調」（Gallup poll）[11]給讀者，看完你的小說以後，請他們票選最喜愛的角色、最不喜歡的人物、最好看的場景、最無趣的場景等等。還可以要求他們把故事重述給你聽，他們漏掉沒提的部分往往就是你讓讀者打瞌睡的部分。

不過，故事的最佳分析師，恐怕還是你自己。自我分析是必須學習才能擁有的技巧，但是多加練習，你可以成為專家。既然這是學成寫作手藝必備的條件，你不如現在就開始練習。重讀你的草稿，假裝是別人寫的。把它當成病人，你則是醫生，要來診斷病情。一個有用的方法是朗讀你的小說，錄下來，從頭播放。用聽的而不是用看的，由於理解方式完全改變，可能會暴露出其中弱點。你還可以把故事從頭到尾講述給一個朋友聽，如果你遺漏了什麼，如果你某些地方講不

11 根據美國的統計學家喬治·蓋洛普（George Gallup）所發明的民意觀點調查方式而命名，採用抽樣調查方法取得社會統計數字，容包括政治、經濟、社會等。

清楚，可能就是其中的弱點。

把手稿擱一陣子再來分析，你會比較客觀。三、四個月不算長，有的作者擱上一整年。這段期間你可以寫別的小說。

改寫最重要的一點是態度。改寫的時候你得剜肉剔骨在所不惜，該切的、該剪的、該改的，毫不容情。審視每個場景的時候，記住改寫的最重要原則就是：如果你懷疑這段不好，那它一定不好。

一步一步，分析自己的作品

◆要問自己的第一個問題是：前提證明了嗎？假如你想證明「貪婪導致幸福」，你做到了嗎？還是你的故事中導致幸福的是別的因素，比方運氣？如果是運氣而非貪婪，你就得重寫稿子，讓貪婪而不是運氣導致幸福。你在動手寫稿之前已經決定這前提是你相信的、是值得證明的。如果你沒能證明，就得回頭看看步驟表，看看各個事件，判斷哪些該改，這個故事才能證明前提。如果你斷定以這樣一個角色，依事態發展，其實導致幸福的並非貪婪，而是自我犧牲，那麼雖然已經到了這個階段，你還是可以考慮修改前提。但是如果你更改了，整個故事就得重寫，來證明新的前提。

◆自問有沒有觸及讀者的情緒，讓他們代入／認同書中角色。一向同情主角的人物，有沒有在某個場景中，顯得態度冷酷，或是漫不經心、言行不一，沒有絲毫同情的樣子？

◆各角色是否互相對立？他們一直發揮最高智能嗎？在所有情況下，他們都通過了「他真的會這麼做嗎」的測驗？他們是否都困在大燜鍋裡，無法逃脫衝突？他們有念茲在茲的執著嗎？他們有夠強的動機，意志堅決、果斷行事嗎？你避免了刻板人物嗎？

◆主要角色應該從一個極端轉變到另一個極端，你的有沒有？

◆有沒有一開始就讓你的人物捲入漸升的衝突？這些衝突維持張力，還是停滯靜止下來？中間有無跳躍式發展？

◆到後來，衝突是否徹底解決，讓故事有完整結束的感覺？讀者是否覺得故事該講的都講了？

場景與事件是否多樣，有沒有避免重複？

◆故事開始的點恰當不恰當？有沒有開始得太早，因此花了太長時間才把衝突炒熱；或是開始得太遲，讀者還沒來得及熟悉各個人物，就一頭栽進上升衝突的高峰？

◆故事中的事件是否因果相連，步步相生？讀者能否清楚理解事件發生的順序？

◆高潮導致翻天覆地的轉變嗎？讓人看了大呼過癮嗎？在高潮／解決點，有沒有安排出人意表的事件？有沒有妥善運用高潮／解決點，引發讀者強烈的情緒？

◆善有善報、惡有惡報，你的故事是否天理昭彰，報應不爽？或是達到諷世效果？如果沒有，可以改寫成有嗎？

◆故事是否展現各主角的多重面向？他們的喜怒哀樂都表現出來了嗎？故事發展到最後，各角色的個性是否充分流露？

◆有沒有反高潮事件，抵銷了高潮的力量？有的話刪除。

◆選用的敘述聲調恰不恰當。是否刺耳？是否說教？換一個觀點來講這個故事是否更好？

◆所有的回顧，都是絕對必要的嗎？

◆應該要發展出來的衝突，你有沒有臨陣逃脫，熄了火？重大的行動，你都詳盡描寫了嗎？

◆可能的話，有沒有賦予衝突適當的人生象徵？

查看每個場景。都有上升的衝突嗎？能不能寫得更精采？如果某個場景刪掉不會有影響，那就該刪。

◆查看每一行對話。裡面含有衝突嗎？人物的個性有沒有隨著每一句對白表現得更清楚？故事有沒有隨著對白向前推進？對白新鮮有趣嗎？那個人能不能把話說得更巧妙一點？

◆文字讓人如聞其聲、如見其情嗎？味覺、嗅覺、聽覺、視覺、觸覺，五種感官加上第六感及心靈感應，你都照顧到了嗎？表現幽默的機會，你有沒有抓住？應該以主動語氣表達的，你是否錯用了被動？靜態的詞是否應改用動態的詞，可以表達得更好？文字要明確而清晰，你沒有含糊籠統的地方吧？是否節奏明快、內容緊湊？行文是堅定有力，還是軟弱遲疑？

有人說，海明威常常重寫場景三十次或四十次，寫到他喜歡為止。據評論家說，海明威是個天才——是天分驅使他拚命努力，還是努力讓他寫出天才的作品呢？

9

小說創作者的五大疑問

如何成為小說家？

你如果進了牙醫系，畢業以後你要參加牙醫資格考，通過了，就拿到執照，可以開業。想參加考試，你得修很多門的課，實習數千小時，在師長監督之下往病人嘴裡練功夫，還要考過幾百場的測驗，付出好多的學費。一切都過關了，你就得到「醫生」的頭銜，你成天鑽呀，補呀，開帳單呀。如果你擅長做假牙，候診室裡播放輕柔的音樂，接待小姐總是面帶同情的笑容，聲音溫和討喜，說不定你還能發財。

在學習的過程中，你得從一個普通公民變成牙科醫生。你甚至可能開始自認超越一般公民，別人問起你是誰，你會說：「史慕特，牙科醫師。」

小說寫作不像牙醫學，沒有什麼課程可以研讀，也不能在學習過程結束後說：「我是小說家。」你可以拿到創意寫作的碩士學位，或是現代小說的博士學位，但是你並不因此成為貨真價實的小說家。要成為小說家，你的小說得要出版。

寫小說但沒能出版，社會地位跟街頭遊民差不多。話若是傳出去，你的朋友會偷笑，你的鄰居會竊竊私語。你的叔叔會努力說服你改行當按摩師，你的阿姨會把你拉到一邊，教導你社會現實、成年人的責任。你的債主會蜂擁來討債。你的母親會同情，但是更深夜靜時她會眼含淚水，努力回想她是哪裡沒把你教好。

人生實情說來悲哀，但是要當一個真正的小說家，你必須得到出版社垂青。可是記住：每一隻鳥起先都是蛋，每一個已出版的小說家起先都是未出版的小說家，就連偉大的小說家如海明威、托爾斯泰、吳爾芙和喬伊斯都是如此。

想要成為小說家的你，有幾種策略可以避免尷尬。其一是告訴別人你在寫作，但不招認寫的是小說。比方你在寫一本謀殺推理小說，被害人是一個妓女，兇手則是大學教授。你可以告訴所有人，你在寫一本書，關於性風俗與學界的病態。這聽起來是很好的非小說題材，你的朋友會肅然起敬。寫非小說可以堂而皇之，因為一般認為非小說作者非常務實，嚴肅對待人生。再說，很多人相信——也許不無道理——會寫字的人都可以寫非小說的書，所以沒人會懷疑你的作品價值。

要掩護你的小說寫作工程，另一個方法是去攻讀一個文學學位，但是只選修短期課程。只要你看起來像是在修學位，沒人會問你沒日沒夜關在書房裡幹什麼。如果他們問你為何不停敲打鍵盤，告訴他們你在寫論文，人人都知道這是光明正大的事。

有些小說家剛開始從事此一志業時，完全隱身地下。這些「櫃內」的小說家誰也不透露，手稿藏在冰箱後面，用手寫而不打字，以免別人聽到鍵盤聲。人家甚至不知道他們讀小說，更別說寫小說。他們的配偶以為他們養了一個情人在地下室或車庫，或任何他們「做這件事」的地方。

以上方法統統可行。要不然還有「約翰．韋恩式方案」，這個比較難——咬著牙，站穩腳跟，拇指插在腰帶裡，坦白承認：「我在寫小說，你若膽敢笑上一聲，我就一拳打昏你，你個老粗！」

你知道意思啦。

只要有天分，就能寫小說？

除了當小說家外，我們都還有別的身分，但是如果在你的內心深處，當小說家不是你的真正渴望，那你就是業餘愛好者，不必費事寫小說了。當小說家不僅是讀一本教技巧的書，然後在打字機上摸摸弄弄，把墨汁印到紙上。要列舉當小說家的特質，你首先會舉出哪一項？大學教育？狄更斯、珍・奧斯汀（Jane Austen）、勃朗特姊妹（Brontë sisters）和笛福都沒上過大學，當代很多著名作家也沒有，包括海明威、卡波特（Truman Capote）[12]、漢密特、畢爾思（Ambrose Bierce）[13]與卡瑟（Willa Cather）[14]。

天分呢？全美各地經常舉辦作家會議與寫作班，如果你參加過就知道，有天分的大有人在。幾乎任何人，只要全心全意去寫，總能寫出有力的句子，想出新鮮的暗喻。很多人能創造出有意思的人物、讓你驚嘆的酷帥對白，有的人甚至根本沒讀過教人寫作的書也能講出妙絕的故事。他們的作品尚未改寫、未經潤飾，卻讓你看了心跳加速，認為發現了天才。

但是，這些天分尚待琢磨的人，幾乎都沒有當上小說家。為什麼？因為他們欠缺真正必備的條件：自律、堅定的決心，以及不移的意志。天分只會擋路，因為如果你有天分，你會以為寫作很容易，而其實不然，不管你多麼有天分都不行。

寫小說要花很多時間，情緒和心理上的消耗也極大。本來可以花在與朋友和家人相處的時間，不得不犧牲了。很少小說家打高爾夫、打保齡或看很多電視。小說寫作像毒癮，會把你吸乾。

諾特在《小說工藝》一書中自問：「（寫小說）需要多麼投入？」他的回答是：

你必須投入到，幾乎（你的人生中）所有的努力和興趣都放下，全心鑽研這項技巧。

而絕大多數想要寫小說的人，情況如下——

起初，他們有一個模糊的夢想。他們讀到某作家的生平：海明威在波斯灣釣魚，福克納喝遍好萊塢的酒吧，他們參加狂歡派對，放縱性慾，吸食毒品，在百老匯與名流富商把酒言歡。這些談資大都是出版商宣傳部門想像出來的，而學界寫傳記的人想要讓他們的書大賣，於是把傳主生平寫得天花亂墜，剛好與出版宣

12 美國作家，著有多部經典文學作品，包括中篇小說《第凡內早餐》（Breakfast at Tiffany's）與《冷血》（In Cold Blood），開創「真實罪行」類紀實文學。

13 美國作家，出身記者，著有諷刺小說《魔鬼辭典》（The Devils Dictionary）等。

14 美國十九世紀的著名作家，曾獲頒普立茲獎，著有《啊！拓荒者》（O Pioneers!）、《我的安東妮亞》（My Ántonia）、《雲雀之歌》（The Song of the Lark）等。

傳互為表裡。如果你想看看想像力特強的描述，去讀女詩人艾蜜莉・狄金生（Emily Elizabeth Dickinson）的性生活傳奇。不是說笑，真的有人寫了這種書。

真相是，大部分作家過著平淡乏味的生活。他們花了太多時間在地下室或閣樓裡孜孜寫作、改稿，擔心讀者會嫌他們的作品乏味、老套或不通。有些作家偶爾會參加派對，但在派對上他們還是在想著寫作的事。知道別人期待他們妙語如珠，所以除非牢騷滿腹，他們寧可一語不發，因為他們說出的隻言片語都會受到評量、批判，並且扭曲渲染。

我想傳達的意思是：寫作本身不迷人，不刺激也不浪漫。寫作是苦工。是有回報沒錯，但是非常辛苦。

寫作也是寂寞的路程，是你的創造力與自我疑慮相互纏鬥。有時候字句從你流淌而出，彷彿急流沖下峽谷；有時候你覺得頭腦像一塊水泥板，什麼也擠壓不出。有時候你重讀自己寫的東西，心想你的狗兒訓練一下恐怕還比你寫得好。又有些時候你自認這作品精采遠勝你所敢盼望，可是拿給經紀人看，他卻建議你去寫一個護士的情史。

難怪作家的自殺率高。

要怎麼把小說寫完？

任何作者，任何一種作者，寫作都要訂時間表。花多少時間，看你自己。比方你有一份正職，每天要上八小時辛苦的班，每週五天。上下班交通時間各一個半小時，中午休息一小時。實在很辛苦，回到家已經很累了，總還得花一點時間跟配偶在一起。每晚得睡八小時覺，此外要買菜，要洗衣服，要上銀行，每年看兩次牙醫——還剩下多少時間？一般美國人每週還有四十小時可以看電視。假設你非常自制，每週只看二十小時電視。好吧，如果你根本不看電視，反正看電視對你一點好處都沒有，一年下來你可以寫出一本小說，全部完工，可以送去出版社了。從三十歲到七十歲，你可以寫出三十九本小說，成為有史以來最多產的作家之一。沒幾個人做到，是吧？海明威寫了幾本？十本？托爾斯泰呢？四或五本？

三十九本小說？啊，有可能嗎？聽我說：如果你全心全意寫作，一個小時應該至少可以寫出兩頁草稿，毛毛蟲都能一小時寫兩頁。有些作家一小時能寫出十到十二頁草稿，但我們算寬一點，一小時算你只寫得出兩頁好了，一週寫出四十頁的話，一個月可以寫出一百七十二頁的人物傳記和步驟表（每小時兩頁×每週二十小時×每個月四・三週＝一七二頁）。現在開始寫初稿，假設這書長四百頁，初稿會花上十週（兩頁×每週二十小時×十週＝四百頁）。你在十四・三週內，寫完人物傳記、步驟表和初稿。現在改寫二稿，又是十週。三稿，再十週。一年過了三十四・三週的時候，你開始準備潤稿了。你想要做到十全十美，所以你潤稿潤了兩個月，等於八・六週。前面寫傳記、步驟表和三遍稿共花三十四・三週，再加上八・六週潤稿，總共是四十二・九週。你還剩九・一週，可以去夏威夷度個假。

當然，並不是每個作家都寫草稿。有些人追求完美，字字推敲，這樣的人每兩、三個小時只能寫一頁，可是這一頁不得了！一週下來，十到十二頁寫出來了。完美主義者的稿子不大需要修改，潤飾一下就差不多了。這樣，他們一年可以寫五百頁以上，就算寫出來的有一半丟進了字紙簍，一年半下來，完美主義者也完成了一部巨作。十五年間就是十部，所以完美主義者也可以像狄更斯一樣多產。

下次有人告訴你他想寫作但是沒有時間，問他花多少時間看電視。

寫完小說的祕訣是規律。每天同一時間做這件事，任何事情與此衝突，你都說「不」。不接電話、不讓鄰居串門子，什麼都不行。你不能在雞尾酒會上寫作。寫作時若有人來電話，讓答錄機應付他。電視要播映一部好片，抱歉，你得等其他時間再看重播。你養的金魚翹辮子了，你沒空參加牠的葬禮。就算你酒後頭痛也不成理由，生產線必須繼續往前。

有些作家沒辦法按時間表操課，他們就設定生產目標，例如一天就寫一千兩百字，不會再多。只要你按照計畫，完成定額，怎麼做都沒關係。

沒有靈感的時候怎麼辦？

作家真的會遇到瓶頸。有些天你坐在老爺打字機前，手指放在鍵上，腦袋卻空空如也。空白。沒有東西。一片虛空。這情況發生時你怎麼做，就看得出你到底成不成器了。

發現你寫不出來的時候，不要驚慌。心浮氣躁的人，一慌就喝酒，想要通暢文思。這或許有效，但是對自己的行動失去掌控，終究會影響到作品。等你清醒過來，酩酊中所寫的差不多全得扔掉。抽大麻、吸海洛因或飆車也是一樣。沒錯，愛倫·坡（Edgar Allan Poe）好酒貪杯，可是他四十歲就死了，頭腦不清、尿失禁。而且，他是個例外。米契納（James A. Michener）[15]總是清醒著工作，年過八十了還定期出版超棒小說。

頭腦真的堵塞時，最重要的是記得：每個作者都有寫不出來的時候，不需要憂慮。氣不可洩，勇不可失。先把已經寫好的稿子重打一遍，算是暖身。放點熱門音樂來聽，也許有幫助。朗誦寫好的部分，偶爾也有用。不管怎樣，不能停止寫。繼續打字，就算打出來的不成章法也沒關係。只要繼續堅持，你會突破這個瓶頸！但是你若走開，丟下，就不可能突破，只是讓你下次更容易放棄。

不要把寫作瓶頸與其他的情緒混為一談，例如憤怒、悲傷、病痛、懶惰、慾火等等。真正的寫作瓶頸有四種主因：對你的人物認識不清，一邊寫一邊改，害怕失敗，以及害怕成功。

你一開始寫草稿，你的筆下人物就活了起來，有他們自己的意志。你對某個角色了解不足，你叫他做違反本性的事，他就造你的反。比方你在步驟表中計畫讓某個角色在故事發展到一個地步時去搶錢，你開始寫這個場景，可是這角色不肯拿槍走進銀行。如果你創造出來的人物與你原先的想像不同，你就很難叫他們做你要他們做的事。他們硬是不肯動，你不能強迫他們說任何話。你感覺頭腦打結了。你慌了。這是第一型寫作瓶頸。

碰到第一型寫作瓶頸，你要做的第一件事就是訪談你的人物，弄清楚他們拒絕行動是否因為你要他們做的事違反他們的本性。你可能得給他們比較強的動機，或者你得修改步驟表。反正，只要對人物理解更深，解決方案自然浮現，你於是回歸常軌。寫作瓶頸消失了。

一邊寫一邊改，會造成第二型瓶頸。寫作時，你先寫出草稿，不要去擔心有無遺漏，有無錯誤。草稿就是草稿，不會完美。

改寫的階段，你就得追求完美了，字斟句酌，不斷自問是否寫得很爛。寫初稿時，字一打出來，你當然看出有些地方不大對，有些作者不能忍受這點。他們立刻就開始修改，結果是永遠不滿意，進度於是停止。很快地，他們一寫就想改，

15 美國多產小說作家，曾獲普立茲獎，著作多為歷史小說，作品有《南太平洋》（South Pacific）、《夏威夷》（Hawaii）、《櫻花戀》（Sayonara），有多部著作改編成電影，廣受歡迎。

改過又再改。他們開始擔心再也寫不出優美篇章，結果是一個字也寫不出來。

克服的方法是把電腦螢幕關掉，如果你用手寫，那就把燈關掉。最後一頁完成以前不要看你寫出來的東西，就這樣。用這種方法，第二型寫作瓶頸就會消失。

害怕失敗會造成第三型瓶頸。這通常發生在初稿即將完成，作者瞻望前途，看見一張退稿通知單等著他。作者痛恨遭到退稿或無人理會，至少潛意識如此，他會在最後一章的中途停止寫作。

打通第三型瓶頸的方法是狂呼，用你最大的聲音叫喊：沒人擋得了你，不管被退多少次稿，你一定要成功。拿你的打字機或電腦出氣對著它們吼一吼，你的思路又會開始暢通。

恐懼成功是比較難解的問題——怪啦，怎麼會有人怕成功？聽起來沒道理。

你一旦成功，怪事就會發生。配偶對待你的態度改變了，你比較沒成就的朋友會嫉妒你，陌生人會找你抬槓，人人都問你是怎麼想出那點子的，問你到底賺了多少錢。他們會問你怎麼看他們喜歡的作家，如果你說沒看過其作品，他們就流露出鄙夷的表情，因為他們喜歡的作家比你強上十倍。還有，你為何沒受邀上電視名嘴談話節目？為什麼《時代雜誌》或《紐約時報》沒有評論你的書？你成為眾人注目的焦點，這不好嗎？

有心理學家聲稱，美國人最害怕的事莫過於在群眾面前站起來講話，比死亡還讓人害怕。怎麼會？因為人怕受到注意，怕成為一屋子人注目的焦點。一個成功的作家受到注意，往往是一屋子人注目的焦點。還沒有成功的作家想到這點就怕。這造成第四型寫作瓶頸。

如果你怕成功，回到草稿的第一頁，把作者的名字換成別人。用筆名，很多作家都這麼做。說不定你現在就住在《紐約時報》暢銷書排行榜第一名的作家隔壁，而你不知道。沒有理由害怕出名，你可以只當作家，把名氣讓給別人。

第五型的寫作瓶頸是以上兩種或更多綜合而成。你得要多方嘗試解決，找出自己的原因到底是哪些，找個心理分析師諮商也無妨。

寫完了，接下來呢？

小說完成，你會知道——你會覺得再多看它一眼讓你想吐；你會感到如果再改也不會更好，只是改成不一樣的東西。

現在要做的是找一個認得字的人幫你校對[16]，並且請專業打字員幫你列印出來。稿件的列印和郵寄有標準作業方法，市面上有好幾本書教你怎麼做，在圖書館可以借到。一定要照規矩來，這事不可發揮創意。

現在你要去找一個經紀人。如果你寫出的是賣得出去的稿子，你一定會找到經紀人。就算你寫的只是「可能」賣得出去的稿子，也會找到經紀人。尋找經紀人的方法如下：

首先，詢問你的作家朋友。如果他們有經紀人，請他們推薦你。如果沒人推薦，從圖書館找出一份經紀人名單，寫信給他們，附上書的簡短摘要、一章試讀，信上告訴他們你是誰，你的學歷，以前發表過的文章（包括非小說類），受過哪些小說寫作訓練——包括短期寫作班和課程。這些全部裝進一個附有回郵信封的封套裡，寄出。

如果有經紀人表示興趣，打電話給他，說如果他能很快給回音，你就暫時不寄書給別的經紀人。公平對待經紀人，他們通常也會公平對待你。同一時間只跟一個經紀人商談，要他們答應很快給你回音，才寄稿件給他們。如果有經紀人留著你的稿子超過一個月，請他務必馬上看，否則退還。

一旦找到經紀人，讓他去幫你推銷稿件，談合約，並且追蹤版稅。而你，著手寫下一本。

16 以下所述是美國一九七〇年代作法，今日台灣不適用，存此參考而已。

參考書目

《詩學》（The Poetics），亞里斯多德（Aristotle）著，《亞里斯多德基本作品》（The Basic Works of Aristole）之一篇章，一九四一年。

《天地一沙鷗》（Jonathan Livingston Seagull），李查・巴哈（Richard Bach）著，一九七〇年。

《戲劇技巧》（Dramatic Technique），貝克（George Baker）著，一九一九年。

《小氣財神》（或譯《聖誕歌聲》）（A Christmas Carol），狄更斯（Charles Dickens）著，一九三九年。

《戲劇寫作的藝術》（The Art of Dramatic Writing），路易・埃格里（Lajos Egri）著，一九四六年。

《包法利夫人》（Madame Bovary），福樓拜（Gustave Flaubert）著，貝爾（Lowell Bair）翻譯，一九五九年。

《小說的基本公式》（The Basic Formulas of Fiction），佛斯特哈里斯（William Foster-Harris）著，一九四四年。

《情節的基本型式》（The Basic Patterns of Plot），佛斯特哈里斯（William Foster-Harris）著，一九五九年。

《戲劇的技術》（Technique of the Drama），弗雷塔格（Gustav Freytag）著，一八九四年。

《老人與海》（The Old Man and the Sea），海明威（Ernest Hemingway）著，一九五二年。

《怎麼寫劇本》（How to Write a Play），胡爾（Raymond Hull）著，一九八三年。

《飛越杜鵑窩》（One Flew over the Cuckoo's Nest），克西（Ken Kesey）著，一九六二年。

《小說工藝》（The Craft of Fiction），諾特（William C. Knott）著，一九七七年。

《冷戰諜魂》（The Spy Who Came in from the Cold），勒卡雷（John le Carre）著，一九六五年。

《劇本寫作入門》（A Primer of Playwriting），麥高文（Kenneth MacGowan）著，一九五一年。

《紅字》（The Scarlet Letter），霍桑（Nathaniel Hawthorne）著，一八五〇年。

《劇本寫作的技藝》（The Science of Playwriting），馬力文斯基（Moses L. Malevinsky）著，一九二五年。

《白鯨記》（Moby-Dick），梅維爾（Herman Melville）著，一八五一年。

《蘿莉塔》（Lolita），納博科夫（Vladimir Nabokov）著，一九五五年。

《小說寫作的藝術》（The Art of Writing Fiction），瑪麗・歐維斯（Mary Burchard Orvis）著，一九四八年。

《專業小說寫作》（Professional Fiction Writing），芝英・歐文（Jean Z. Owen）著，一九七四年。

《小說是由人組成》（Fiction Is Folks），裴克（Robert Newton Peck）著，一九八三年。

《劇本架構與戲劇原則之分析》（The Analysis of Play Construction and Dramatic Principle），普萊斯（W. T. Price）著，一九〇八年。

《教父》（The Godfather），普佐（Mario Puzo）著，一九六九年。

《麥田捕手》（Catcher in the Rye），沙林傑（J. D. Salinger）著，一九五一年。

《富人，窮人》（Rich Man, Poor Man），爾文・蕭（Irvin Shaw）著，一九六九年。

《閃靈戰士》（Dog Soldiers），史東（Robert Stone）著，一九七四年。
《安娜．卡列妮娜》（Anna Karenina），托爾斯泰（Leo Tolstoy）著，一八七七年。
《戰爭與和平》（War and Peace），托爾斯泰著，一八六九年。

國家圖書館出版品預行編目(CIP)資料

超棒小說這樣寫 / 詹姆斯.傅瑞（James N. Frey）著；尹萍譯.
-- 初版. -- 臺北市：雲夢千里文化 2013.09
面； 公分
譯自：How to write a damn good novel : a step-by-step no nonsense guide to dramatic storytelling

ISBN 978-986-89802-0-4（平裝）

1.小說 2.寫作法

812.7 102014858

寫吧 01

超棒小說這樣寫

寫出結構完整、劇情緊湊、讓人欲罷不能的超完美小說！

How to Write a Damn Good Novel: A Step-by-Step No Nonsense Guide to Dramatic Storytelling

作　　者：詹姆斯・傅瑞（James N. Frey）
譯　　者：尹萍
協力編輯：王怡之
行銷企劃：陳旻毓
封面設計：蔡南昇
美術設計：一瞬 練徹

發 行 人：康懷貞
出版發行：雲夢千里文化創意事業有限公司
地　　址：104 台北市中山區南京東路一段 2 號 3 樓
電　　話：（02）2568-2039
傳　　真：（02）2568-2639
服務信箱：somewhere.else123@gmail.com

總 經 銷：大和書報圖書股份有限公司
地　　址：242 新北市新莊區五工五路 2 號
電　　話：（02）8990-2588
傳　　真：（02）2299-7900

ISBN ： 978-986-89802-0-4
出版日期：2013 年 9 月 初版 1 刷
　　　　　2017 年 5 月 初版 18 刷
定　　價：300 元

版權所有　翻印必究
本書若有缺頁、破損、裝訂錯誤，請寄回更換

somewhereelse.tw

HOW TO WRITE A DAMN GOOD NOVEL: A STEP-BY-STEP NO NONSENSE GUIDE TO DRAMATIC STORYTELLING © JAMES N. FREY
This edition arranged with JAMES N. FREY
through BIG APPLE AGENCY, INC., LABUAN, MALAYSIA.
Traditional Chinese edition © 2013 Somewhere Else Publishing Co. Ltd.
All rights reserved.